SISYPHUS

Simon Loidl, geboren 1977. Nach endlos erscheinenden Schuljahren Studium der Geschichte, Germanistik und ein bisschen Philosophie. Währenddessen und danach viele Jobs, unter anderem als Pizzafahrer, Billeteur, wissenschaftlicher Mitarbeiter, Museumsaufseher, Redakteur, Deutsch-als-Fremdsprache-Lehrer, freier Journalist und Antiquariatsangestellter, zwischendurch arbeitslos.

Sachbuchveröffentlichungen: »Eine spürbare Kraft« (Promedia 2015), »Europa ist zu enge geworden« (Promedia 2017)

Umschlaggestaltung/Satz: Gai Jeger

Coverillustration: AdobeStock/reichdernatur, AdobeStock/ Kvektor

ISBN 978-3-903125-34-6

14,80 Euro

Bundeskanzleramt

LAND KÄRNTEN
Kultur

Simon Loidl
Endstation Ananas
SISYPHUS

Robert Prunner steht gern vor Wursttheken. Minutenlang vertieft er sich in den Anblick der Wunder menschlicher Schlachtkunst und staunt über die vielfältigen Möglichkeiten, Stücke toten Tierfleischs in kleine bunte Kunstwerke zu verwandeln. Ein halbes Dutzend verschiedene Schinkensorten, Aufschnittwurst in allen Variationen, lange, dicke, frische und Dauerwürste. Und dann die merkwürdigen Geléedinge. Wurstsalate. Es gibt so vieles auf dieser Welt kennenzulernen, denkt sich Robert dann, und doch kennt man nur so wenig. Und meistens, nachdem er Pfeffersalamis und Chorizowürste bestaunt hat, kauft Robert eine Extrawurstsemmel oder Leberkäse oder plastikverpackte Knackwürste.

An diesem Tag hatte Robert endlich wieder einmal ausgeschlafen. Es war Freitag, später Vormittag, und er hatte sich am Vortag im Büro mit den Worten „Schönes Wochenende!“ verabschiedet. Obwohl – eine Verabschiedung war es eigentlich nicht gewesen. Während des Hinausgehens hatte er den Gruß leise, aber eventuell für einen oder zwei Kollegen hörbar gemurmelt und war dann weggeeilt, ohne eine Reaktion oder Antwort abzuwarten. Immerhin war Donnerstag gewesen, und der Freitag zählt nach allgemeiner Überzeugung noch nicht zum Wochenende.

Anschließend hatte er sein Telefon abgedreht und das Wochenende begonnen. Ein kleines bisschen schlechtes Gewissen hatte Robert schon – oder wohl eher Bedenken. Er hatte dies nun schon zum dritten Mal innerhalb von zwei Jahren gemacht. Beim ersten Mal sorgte seine scheinbare Verwirrung für allgemeine Heiterkeit im Betrieb, auch die Vorgesetzten amüsierten sich darüber. Beim zweiten Mal fand Roberts Chef es nicht mehr so lustig und meinte, er solle sich zusammenreißen und hin und wieder mal einen Blick auf einen Kalender werfen. Robert vermutete nun, dass es am Montag krachen würde und bereitete sich gedanklich bereits auf seine Rolle des über seine Zerstreutheit verwirrten, aber um Loyalität bemühten Angestellten vor.

Aber erst mal langes Wochenende. Und Knackwürste. Robert riss sich von der Wursttheke los und ging zum Fleischkühlregal, wo er die billigsten plastikverpackten Knackwürste nahm, die er finden konnte. Am Weg zur Kassa nahm er noch eine große Flasche Eistee mit. Mehr brauchte er nicht. In der Schlange vor der Kassa stand ein etwa Zwanzigjähriger, der sechs Dosen Energy-Drinks der Eigenmarke des Supermarktes auf das Förderband gelegt hatte. Allein den Anblick der hässlich designten Dosen mit dem Logo der Supermarktkette fand Robert ekelerregend. Die Kassiererin zog eine über den Scanner und multiplizierte die Summe. „Einen Euro vierundsiebzig", sagte sie. In Gedanken über die Kosten für Produktion, Befüllung und Transport von Aluminiumdosen versunken, hörte Robert die Frage der Kassiererin nicht. Erst als sie ihn zum zweiten Mal, diesmal laut und genervt, nach seiner Kundenkarte fragte, merkte er, dass er angesprochen wurde und schüttelte den Kopf. Piep, piep. „Drei Euro achtundvierzig." Er zahlte, nahm das Rückgeld entgegen, griff nach den Knackwürsten und dem Eistee und verließ das Geschäft.

Nachtruhe (I)

Später am Abend ging Robert mit Hannes Bier trinken. Er erzählte ihm nichts von seinem freien Tag. Zwar fand Hannes, obwohl selbst seit fast drei Jahren arbeitslos, Roberts wiederholte Versuche, sich vor der Arbeit zu drücken, durchaus nicht unpassend. Robert aber gefiel der Gedanke, hin und wieder Kleinigkeiten für sich zu behalten. Nichts sprach dagegen, Hannes zu erzählen, dass er sein Wochenende mit seinem bewährten, Hannes durchaus bekannten Trick verlängert hatte. Im Gegenteil: Hannes hätte sich darüber gefreut und sie hätten gelacht. Aber manchmal wollte Robert ein kleines, unbedeutendes Geheimnis ganz für sich allein haben.

Sie saßen an der Theke, tranken und überlegten, was sie mit der Nacht noch anfangen könnten. Hannes hatte bereits mehreren Bekannten geschrieben und nach deren Ausgehplänen gefragt, aber nichts passte den beiden. Robert war guter Laune – ein erschlichener freier Tag erzeugte immer ein kleines Euphoriegefühl bei ihm –, gleichzeitig aber auch zu träge für Partys oder nächtliches Herumfahren. Hannes wirkte etwas genervt. Er versuchte immer öfter, die Langeweile seines Arbeitslosenalltags durch abendliche Aktivitäten zu kompensieren. Während des größten Teils der Woche saß er zu Hause vor seinem Laptop, suchte nach Jobs, schrieb Bewerbungen, die zusammen mit jenen von Hunderten anderen Arbeitssuchenden in den virtuellen Papierkörben der Personalabteilungen verschwanden, und scrollte seine Facebook-Timeline rauf und runter. Er verbrachte den überwiegenden Teil der Zeit zwischen Montag und Freitag in seiner Wohnung, die er nur alle paar Tage zum Einkaufen verließ. Die meisten seiner Bekannten waren damit beschäftigt, früh schlafen zu gehen, um am nächsten Tag acht bis zwölf Stunden in ihren Jobs runterzubiegen, die sie überforderten oder langweilten oder beides.

„Wenn ich hier rumsitze“, sagte Hannes nach einer längeren Gesprächspause, in der sie an ihren Bieren genippt und die wenigen und uninteressant aussehenden anderen Gäste beobachtet hatten, „dann krieg ich echt eine Depression.“

Robert blickte ihn an, ohne recht gehört zu haben, was er gesagt hatte, und erwiderte nur unbestimmt: „Mhm.“

„Also dann ...“, sagte Hannes.

„Was?“, fragte Robert, nun wieder ganz in der Gegenwart präsent. „Was dann?“

„Wohin?“

„Du willst schon woanders hin?“

Nun sah Hannes Robert an, als würde er mit offenen Augen schlafen oder durch Robert hindurchsehen. Gleich darauf setzte er eine ironische Mine auf: „Schläfst du schon wieder?“

„Sorry“, sagte Robert, „ich war grad nicht ganz da.“

Hannes grinste. Roberts Freunde warfen ihm manchmal vor, dass er nicht zuhören würde. Wenn andere mit ihm redeten, schweifte sein Blick meist umher, so als ob er sich nicht auf sein unmittelbares Gegenüber konzentrieren würde. Zudem hatte er manchmal selbst das Gefühl, dass er schlecht höre. Bei Gesprächen musste er oft nachfragen, weil er einen Teil dessen, was sein Gegenüber soeben gesagt hatte, überhört hatte. Robert hatte nie identifizieren können, ob es daran lag, dass ihn das Gespräch langweilte, oder ob er tatsächlich an einem Hörfehler litt. Vor zwei Jahren hatte das sein Kommunikationsverhalten so stark beeinträchtigt, dass er einen HNO-Arzt aufgesucht hatte. Nach einer halben Stunde mit den üblichen langwierigen Hörtests hatte er die Bestätigung: Sein Gehör funktionierte einwandfrei. Seine Hörschwierigkeiten mussten also ihre Ursache darin haben, dass ihn das, was ihm andere zu sagen hatten, schlicht nicht interessierte. So hatte er jedenfalls Hannes gegenüber erläutert, dass es nicht an ihm liegen könne, wenn er hin und wieder nicht hörte, was dieser sagte.

„Jaja“, sagte Robert und versuchte so, seine geistige Abwesenheit beiseite zu wischen. Und dann machte er das, was er in solchen Situation meist tat. Er wechselte das Thema und gab vor, dass er seinem Gegenüber ohnehin gerade etwas mitteilen hatte wollen.

„Was passiert eigentlich mit Gulasch, das die Gäste in einem Wirtshaus zurückgehen lassen?“, fragte er.

„Hä?“, fragte Hannes und starrte ihn wieder an.

„Ich hab am Mittwoch in der Mittagspause ein Gulasch gegessen“, erklärte Robert, „und da ist ein Zahnstocher drin geschwommen.“

„Was hast gemacht?“, fragte Hannes.

„Ich hab den Knödel aufgegessen und noch ein bisschen am Fleisch rumgenagt, aber ich habs dann doch eklig gefunden. Dann hab ichs zurückgehen lassen und nichts dafür zahlen müssen.“

Nach einer kurzen Pause, während der die beiden das Bild eines Tellers mit Gulaschresten vor Augen hatten, zwischen denen ein aufgeweichter Zahnstocher schwimmt, artikulierte Robert die im Raum stehende Frage: „Schmeißen die die Reste von den Tellern wieder in den Topf?“

Hannes blickte ihn nachdenklich an.

„Naaa“, sagte er langgezogen und mit angeekeltem Blick, „meinst?“

„Ich weiß nicht“, erwiderte Robert, „aber wie kommt der Zahnstocher sonst ins Gulasch?“

Hannes schüttelte den Kopf. Er wollte das Thema nicht mehr weiter diskutieren.

„Also was jetzt“, fragte er, „hauen wir ab?“

„Ja, wohin?“

In diesem Augenblick brummte Hannes’ Handy, das zwischen ihren Biergläsern auf der Theke lag. Er nahm es und las eine Nachricht.

„Oh“, sagte er, „Mist, ich hab ganz vergessen, dass heut der Conny mit seiner neuen Band spielt!“

„Hm“, erwiderte Robert, „wie spät ist es eigentlich?“

Es war erst kurz nach 21 Uhr, sie konnten also noch rechtzeitig zu dem Konzert kommen.

„Wollt ich mir schon anschauen“, sagte Hannes.

Robert nickte. Er war noch etwas unmotiviert, kannte Conny nicht besonders gut und wäre gern einfach noch eine Weile sitzen geblieben. Ihm war allerdings klar, dass die beginnende Gemütlichkeit eines Theken-Trinkabends nun ohnehin vorbei war – jetzt da Hannes wusste, dass woanders etwas passierte, das ihn interessierte. Sie tranken aus, zahlten ihre jeweils zwei Biere und verließen die Bar.

Sie gingen zu Fuß zu dem Lokal, wo das Konzert stattfinden sollte. Am Weg plauderten sie über dies und jenes. Hannes war nun schon besserer Laune. Er freute sich auf das Konzert, Robert fügte sich. Ein bisschen ärgerte er sich darüber, weil er fast immer den Wünschen von Hannes nachgab, wenn sie gemeinsam unterwegs waren. Das lag auch daran, dass fast immer Hannes die Vorschläge machte. Robert wollte meistens nur irgendwo sitzen und Bier trinken – Hannes wollte ständig wieder woanders hin, kaum dass sie sich irgendwo niedergelassen hatten. Er war ruhelos, seit sich Ausgehen von seiner Lieblingsbeschäftigung zu seiner einzigen sozialen Aktivität entwickelt hatte. Früher hatte Hannes an der Garderobe eines Theaters gearbeitet. Für ihn war das in Ordnung gewesen, auch wenn er sich nicht für Theater interessierte.

Er verdiente wenig, aber doch genug, um sich sein Leben finanzieren zu können. Nachdem er fast zehn Jahre dort angestellt gewesen war, war er vor etwa drei Jahren gefeuert worden. In den ersten Monaten war die Geschichte seiner Entlassung fester Bestandteil vieler Abende in Wirtshäusern und an Theken gewesen. Hannes hatte es genossen, sie immer und immer wieder zu erzählen. Robert hatte die Schilderung von Hannes' letzten Tagen im Theater mindestens ein Dutzend Mal gehört.

In der Tiefe

Sechsundzwanzig Minuten nach achtzehn Uhr betrat Hannes das Theater. Er war knapp dran. Sein Dienst begann um 18:30. Bis dahin musste er noch in den dritten Stock des großen Gebäudes hinaufgehen und seine Uniform anziehen. Er würde seinen Platz etwas zu spät einnehmen – doch wenn er Glück hatte, würden seine Vorgesetzten dies nicht bemerken. Die Theatergarderobe, für die Hannes zuständig war, lag nicht weit von jener für die Angestellten entfernt. Dort, in der obersten Etage, war es zu Dienstbeginn immer recht ruhig. Erst in etwa einer halben Stunde würde einer der Vorgesetzten eine Runde durch das Haus drehen, um zu überprüfen, ob alle ordnungsgemäß an ihrem Platz waren. Er hatte also kein Problem – vorausgesetzt, er konnte ungesehen am Hauptbüro vorbeieilen, wo Czerny saß, der Chef der Billeteure und Garderobenarbeiter. Der hatte zwar die Aufgabe, die Ankunft der Angestellten zu protokollieren, aber da er meistens nebenbei Telefonanrufe beantworten oder Dienstplanwünsche besprechen musste, funktionierte dieses Kontrollelement nicht besonders gut. Hannes hatte Glück. Zwei Kollegen standen in dem kleinen Büro und versperrten die Sicht des an seinem Schreibtisch sitzenden Czerny. Hannes ging rasch vorbei und war schon bei der Stiege angelangt. Nun hatte er keine Eile mehr. Gemächlich stieg er die marmornen Treppen hinauf, die sich in die Tiefe des alten kühlen Gebäudes wanden.

Hannes war Anfang 30 und in seinem Studentenjob hängengeblieben. Das Studium war im Laufe der Jahre immer schleppender verlaufen. Nachdem er bemerkt hatte, dass seine Bekannten auch mit Diplom keine besseren Jobs fanden, war seine Motivation noch weiter gesunken. Er hatte sich bereits damit abgefunden, die restliche Zeit seiner produktiven Jahre mit der Annahme und Ausgabe von Jacken und Mänteln zu verbringen, sich hin und wieder Teile einer Vorstellung anzusehen und an jedem Abend, an dem er Dienst hatte, ein halbes Buch zu lesen. Hin und wieder kritzelte er Überlegungen für seine Abschlussarbeit in ein Notizbuch, deren Thema ihn schon lange nicht mehr interessierte.

Manchmal erzählten die älteren Kollegen über das Prestige, das ein Billeteur oder Garderobier früher genossen hatte, und dass man damals öffentlich Bediensteter war, gute Bezahlung und Unkündbarkeit inklusive. Zudem hätten die Gäste früher viel mehr Trinkgeld gegeben, hieß es.

Hannes hingegen war Teilzeitangestellter einer Securityfirma, bekam einen mickrigen Stundenlohn, dessen jährliche Erhöhung stets knapp an der Inflationsrate kratzte. Das Trinkgeld wurde von Saison zu Saison weniger. An manchen Tagen gab es überhaupt nichts mehr, um den geringen Lohn aufzubessern. Zudem hatte Hannes das Gefühl, dass die Gäste mit jedem Jahr unfreundlicher wurden. Erst vor wenigen Tagen war es wieder passiert. Es war ein kalter Abend, und die Garderoben waren voll gewesen. Am Ende der dreieinhalbstündigen Vorstellung hatten die Garderobiers alle Hände voll zu tun. Flink rannte Hannes zwischen den Haken hin und her, nahm die Zettel mit den Nummern entgegen, fand dank jahrelanger Routine die Kleidungsstücke, ohne nachdenken zu müssen. Und trotzdem mussten die Gäste ein paar Minuten auf ihre Mäntel und Taschen warten. Die Firma, die im Auftrag des Theaters die Billeteure und Garderobiers beschäftigte, versuchte Geld zu sparen und stellte mit jeder Saison ein paar Arbeitskräfte weniger ein. An Hannes' Garderobe hatten früher an jedem Abend zwei Personen gearbeitet. Diese hatten dann in der Sommerzeit oder bei schlecht besuchten Vorstellungen wenig zu tun gehabt. Eine von der Securityfirma engagierte Consulting-Agentur hatte eine Woche lang die Abläufe beobachtet und war zu dem Schluss gekommen, dass etwa ein Drittel der Angestellten überflüssig sei. Der Hinweis des Betriebsrates, dass diese Überprüfung während einer lauen Frühsommerwoche kurz vor Saisonschluss stattgefunden habe, hatte die Personalverantwortlichen der Securityfirma nicht interessiert. Sie entwickelten eine Saisonarbeitsmodell, und so wurden nun bei erwarteten besucherstarken Tagen Leihkräfte engagiert, die auf Abruf arbeiteten. Diese brauchten etwa doppelt so lange dafür, einen Mantel zu finden, wie die regulär Angestellten, kosteten die Firma aber weit weniger als diese. Der Einwand von Betriebsrat und Angestellten während einer Versammlung, dass die Anzahl der Besucher nicht immer abgeschätzt werden könne, war ignoriert worden. Und so mussten die Gäste nun also warten: entweder aufgrund der ungeübten und noch schlechter bezahlten Leiharbeiter oder weil zu wenig Personal anwesend war.

Wie eben auch vor ein paar Tagen. Hannes war hin und her geeilt, als wäre Mäntel zu überreichen seine Bestimmung. Ein Herr stand vor dem Garderobentisch und wedelte ungeduldig mit seinem Ausgabeschein.

„Eine Sekunde, bin gleich bei Ihnen“, sagte Hannes freundlich in seine Richtung, während er sich umdrehte und die Jacke einer älteren Dame holte.

„Nun machen Sie schon“, entgegnete der Herr.

Hannes bediente die Gäste in exakt der Reihenfolge, in der sie bei der Garderobe ankamen. Der ungeduldige Herr musste noch zwei Personen abwarten, bevor er an die Reihe kam.

„Sofort“, rief ihm Hannes zu, als er erneut an ihm vorbeiging und die Garderobenscheine eines Mittzwanzigerpärchens entgegennahm. Danach war bereits der Herr an der Reihe. Als Hannes wieder an ihm vorbeiging, rief ihm dieser zu: „Junger Mann, ich habs eilig!“

„Einen Moment noch, bitte", antwortete Hannes, worauf der Herr entgegnete: „Vielleicht haben Sie den falschen Beruf gewählt, mein Lieber!"

Hannes sah ihn an, lächelte und nahm den Schein einer Frau entgegen, die gerade erst zur Garderobe gekommen war. Der Herr hatte daraufhin zu schimpfen begonnen, Hannes hatte ihn noch ein paar Mäntel lang ignoriert und ihm dann seine Jacke hingeschmissen, ohne noch einmal auf seine Bemerkungen und Drohungen einzugehen.

Als das Theater leer war, war Hannes' Vorgesetzter gekommen und hatte ihn gefragt, was da los gewesen sei, ein Herr habe sich beschwert. Hannes sagte bedauernd, dass der Mann wohl etwas nervös gewesen und er sich keiner Schuld bewusst sei.

„Drei Stunden Theater waren wohl zu lang für den", hatte er erklärt.

Sein Vorgesetzter lachte kurz, schüttelte den Kopf und hob kurz die Schultern. Dann drehte er sich um und ging. Damit war die Sache erledigt gewesen. Hannes hatte sich später darüber geärgert, den Vorfall nicht zum Anlass genommen zu haben, wieder einmal die Personalsituation zu thematisieren. Gleichzeitig war er aber auch irgendwie stolz darauf gewesen, den Herrn aus der Reserve gelockt zu haben, statt sich von diesem einschüchtern zu lassen. Er hatte sich an jenem Abend vorgenommen, sich künftig noch weniger gefallen zu lassen.

Es war ein ruhiger Abend. In der ersten Viertelstunde nach Dienstbeginn kam nicht einmal eine Handvoll Gäste zu Hannes' Garderobe – durchwegs ältere, freundliche Stammgäste, die mehrmals wöchentlich hier waren. Hannes wechselte mit einigen ein paar Worte. Ansonsten stand er nur da und wartete. Die Theateraufführung begann um 19:30, danach konnte er lesen oder mit Kollegen plaudern, die gegenüber seiner Garderobe saßen und auf die Vorstellungspause warteten. Während dieser begann wieder die Arbeit. Der größte Teil des Dienstes bestand aus Warten.

Als Merner, der für dieses Stockwerk zuständige Vorgesetzte, auf seiner Kontrollrunde bei Hannes vorbeikam, merkte dieser sofort, dass etwas nicht stimmte. Merner sah ernst und etwas aufgebracht aus.

„Guten Abend“, sagte Hannes.

„Grüß’ Sie“, knurrte Merner und blieb kurz stehen, um ein Häkchen neben Hannes’ Namen auf der Anwesenheitsliste zu machen.

„Ruhiger Abend“, sagte Hannes.

„Ja ja“, antwortete der Vorgesetzte, während er bereits weiterging.

Hannes fragte sich, was passiert sein konnte. Vielleicht hatte Merner ja auch nur einen schlechten Tag. Vielleicht war er selbst zu spät gekommen und war vom Oberbilleteur zurechtgewiesen worden.

Nach Beginn der Vorstellung kursierten bereits erste Gerüchte. Judith, die als Platzanweiserin in der Nähe von Hannes’ Garderobe arbeitete, kam vorbei und fragte: „Schon gehört? Der Jakob ist heimgeschickt worden.“

„Warum?“, fragte Hannes.

„Na was glaubst“, antwortete Judith mit einem Gesichtsausdruck, der gleichzeitig Bedauern gegenüber dem Kollegen und Verständnis für die Strafmaßnahme ausdrückte.

Jakob war einer der dienstältesten Kollegen. Er war Mitte 50 und arbeitete seit fast zwanzig Jahren im Theater. Alle wussten, dass er ein Alkoholproblem hatte und immer wieder von depressiven Phasen geplagt war. In den vergangenen Monaten war Jakob ein paar Mal viel zu spät oder überhaupt nicht zum Dienst erschienen. Mehrmals hatte ihn der Oberbilleteur bereits gewarnt. Sein direkter Vorgesetzter war Merner. Er hatte sich halbherzig für Jakob eingesetzt und den Oberbilleteur bisher von dienstrechtlichen Maßnahmen gegen Jakob abbringen können. Hannes hielt nicht viel von Merner und war von dessen Haltung positiv überrascht gewesen – zumal Jakob bei niemandem besonders beliebt war. Er hatte immer wieder wegen Kleinigkeiten Streitereien angefangen, kleine Gefälligkeiten unter Kollegen verweigert. Hannes fragte sich, was nun passieren würde und ob Merner wieder hinter dem schwierigen Kollegen stehen würde.

Zuerst wollte er herausfinden, was überhaupt passiert war. Er bat Judith, ein paar Minuten bei seiner Garderobe die Stellung zu halten.

„Willst zum Pichler, du Neugierdsnase?"

Hannes zuckte mit den Schultern und machte sich auf den Weg ins Parterre.

Pichler war jener Kollege, von deren Sorte es in fast allen Betrieben ein Exemplar gibt. Ein geschwätzig-jovialer Mensch, der mit allen sprach – gleichzeitig war er von einer beinahe kriecherischen Loyalität gegenüber den Vorgesetzten. Hannes hatte nie herausgefunden, ob Pichler einfach nur ein Schleimer war oder ob er insgeheim ein doppeltes Spiel trieb und seinen guten Draht zu den Vorgesetzten pflegte, um diesen einen Schritt voraus zu sein. In jedem Fall war Pichler der, der als erster Bescheid wusste. Gleichzeitig war er geltungssüchtig und eitel genug, um seine Informationen bereitwillig mit Interessierten zu teilen. Er genoss es, wenn andere zu ihm kamen und er ihnen etwas erzählen konnte, was sie noch nicht wussten. Hannes hatte ein gutes Verhältnis zu ihm, wie zu den meisten seiner Kolleginnen und Kollegen. Auch er sprach mit allen, wenn auch nicht ganz so unbedarft und leutselig wie Pichler.

Als Hannes im Erdgeschoß ankam und Pichler sah, der in der Nähe des Oberbilleteursbüros stand, merkte er sofort, dass die Lage ernst war. Pichler grinste nicht vor sich hin, wie er es sonst meistens tat, wenn er sich unterhielt, sondern hörte dem aufgebracht gestikulierenden Merner aufmerksam zu. Hannes blieb an einer Ecke stehen und wartete. Er wollte nicht in das Gespräch hineinplatzen, denn aus Merners Sicht ging ihn die ganze Sache natürlich nichts an. Bereits nach wenigen Augenblicken wurde Merner in das Büro gerufen und Pichler ging in Hannes' Richtung. Dieser trat vor und auf Pichler zu, der ihn überrascht ansah. Offenbar hatte er ihn vorher noch nicht bemerkt.

„Was ist?", fragte Pichler, als Hannes ihn anblickte, ohne etwas zu sagen.

„Das wollte ich von dir hören", antwortete Hannes und lächelte.

Pichler schnaufte, nickte Hannes auffordernd zu und ging weiter.

„Diesmal hat er es übertrieben", sagte Pichler leise.

„Was ist passiert?", fragte Hannes.

„Na angsoffen war er. Blunznfett. Den hätts fast umghaut, wie er im Büro vom Czerny gstanden ist."

Pichler machte eine kurze Pause. Sie waren an einer Tür angekommen, die in Richtung der Kantine führte. Er öffnete die Tür und hielt sie für Hannes auf. Die beiden gingen schweigend einen Gang entlang, der zu einer weiteren Tür führte, hinter der die Kantine lag. Pichler ging zum Tresen und bestellte ein Bier, Hannes nahm nichts. Sie setzten sich an einen Tisch.

„Was hat er überhaupt vom Czerny wollen?", fragte Hannes, der nicht verstand, weshalb man ausgerechnet zum obersten direkten Vorgesetzten marschiert, wenn man betrunken zum Dienst erscheint.

„Keine Ahnung", sagte Pichler, „ich glaub, er wollt fragen, ob er früher gehen darf."

„Was hat der Merner gesagt?"

Pichler hob die Schultern und schüttelte den Kopf: „Der wird ihm auch nimmer helfen können."

Hannes war sicher, dass Pichler bereits mehr wusste.

„Was passiert jetzt?“, fragte er.

Pichler blickte ihn an, als müsste er noch überlegen, ob Hannes vertrauenswürdig genug war für die exklusive Information. Dann gab er sie preis: „Fristlose.“

„Scheiße“, sagte Hannes.

Er trommelte ein paar Mal mit den Fingern auf den Tisch, dann blickte er Pichler an und sagte: „Ich muss wieder rauf“.

Sein Gegenüber nickte nur und nahm einen großen Schluck von seinem Bier.

Als Hannes in seine Etage zurückkam, wartete Judith schon ungeduldig.

„Wo bleibst denn?“, fragte sie vorwurfsvoll. „Wir haben gleich Pause.“

Hannes nahm sein Handy aus der Hosentasche, sah auf die Uhr und murmelte gleichzeitig eine Entschuldigung in Judiths Richtung. Bevor diese sich auf den Weg zu der Tür machte, die sie in wenigen Minuten bei Beginn der Vorstellungspause öffnen musste, wollte sie wissen, was Hannes herausgefunden hatte. Er erzählte, was er wusste.

Während der Pause verließen einige Gäste, die offenbar mit der Inszenierung unzufrieden waren, die Vorstellung. Hannes musste ein paar Garderobenstücke herausgeben, war dabei aber völlig abwesend. Automatisch nahm er die Zettel entgegen, las die aufgedruckten Ziffern ab, ging zu den entsprechenden Haken und holte die dort hängenden Kleidungsstücke oder Taschen, die er deren Besitzern übergab, ohne diese anzusehen.

Währenddessen dachte er nach. Jakob tat ihm leid. Auf Brunner, den Betriebsrat, setzte er wenig Hoffnung. Dieser hatte sich in der Vergangenheit nie sonderlich engagiert für die Angestellten eingesetzt. Er war einer jener Betriebsräte, die dieses Amt übernommen hatten, weil es halt irgendwer machen muss in einem Unternehmen mit Betriebsrat. Hannes vermutete sogar, dass er nie ganz verstanden hatte, was eigentlich Aufgabe eines Betriebsrats sei. Vermutlich hatte er seine Wahl als eine Art Beförderung angesehen, die es ihm nun ermöglichte, zusammen mit den Vorgesetzten in Besprechungen zu sitzen, ohne zu wissen, was er in diesen tun sollte. Kurz nachdem Hannes im Theater zu arbeiten angefangen hatte, gab es einige Aufregung um sogenannte Mystery Visitor. Diese waren von der Geschäftsführung engagiert worden, um die Performance der Angestellten zu prüfen, deren Einstellung erst kurz zuvor der Securityfirma übertragen worden war. Einige Kollegen hatten sich über die anonym auftretenden Tester beschwert und den Betriebsrat dazu gebracht, in der Angelegenheit eine Betriebsversammlung einzuberufen. Auf dieser erläuterte der Geschäftsführer der Theater-Holding in hohlen Managerphrasen den Grund für das Engagement der Mystery Visitor, sprach von Qualitätssicherung und wies Behauptungen zurück, es handle sich lediglich um eine Maßnahme zur Überwachung der Beschäftigten. Brunner, damals erst seit einigen Monaten in Amt und Würden, war von seiner ersten Begegnung mit einem Interessenskonflikt zwischen seinen Vorgesetzten und der Belegschaft, die er vertreten sollte, überfordert und bat alle Seiten um Verständnis. Hannes hatte damals seinen Ohren nicht getraut und sich spontan zu Wort gemeldet. Als er aufgerufen worden war, hatte er sein Herz pochen gespürt, und während er sich von seinem Sessel erhob, hatte er das Gefühl gehabt, sein Gesicht würde dunkelrot. Mit zunächst brüchiger Stimme hatte er gesagt, er pflichte dem Betriebsrat in seiner Kritik an den Mystery-Besuchern bei – so als hätte der Betriebsrat Kritik geübt. Während er dies gesagt hatte, war ihm bewusst geworden, dass er soeben unbeabsichtigt einen rhetorischen Trick angewandt hatte: er hatte die Inhaltslosigkeit der Aussage des Betriebsrats ignoriert, und statt dies zu kritisieren, sich auf eben diese Wortmeldung bezogen. Auf diese Weise verlieh er seiner eigenen Stellungnahme Legitimation, indem er sie auf eine Linie mit jener des gewählten Betriebsrats stellte. Nun konnte er alles sagen. Diese plötzliche Erkenntnis hatte ihm spontanen Mut verliehen und er hatte in ein paar kurzen, empörten Sätzen von „Bespitzelung" und „vermutlich illegalen Maßnahmen" gesprochen. Er hatte keine Ahnung gehabt, ob letzteres zutraf. Nach der Versammlung hatten sich ein paar Kollegen bei ihm bedankt. Einer hatte ihn gefragt, ob er nicht Angst habe, nun selbst Probleme zu bekommen. Hannes hatte ihn erstaunt angeblickt. Er war aufgeregt gewesen, vor so vielen Menschen zu sprechen, das schon. Doch aus Angst vor Konsequenzen nichts zu sagen – dieser Gedanke war ihm nicht in den Sinn gekommen. Als ihm dies klar geworden war, hatte er sich über sich selbst gewundert.

Nach der Pause bat Hannes Judith, wieder auf seine Garderobe aufzupassen. Sie willigte ein, nachdem er ihr erklärt hatte, dass er zum Betriebsrat gehen wolle.

„Ob das noch was bringt?" fragte sie Hannes, der nur mit den Schultern zuckte und sich auf den Weg machte.

Hannes musste sich durchfragen. Brunner war meistens nicht an seinem Platz, sondern schwirrte irgendwo im Gebäude herum. Schließlich fand er ihn in seinem kleinen Büro. Die Geschäftsführung hatte einen kleinen Raum in der Nähe der Kantine für die Betriebsratsarbeit zur Verfügung gestellt. Hannes klopfte an die offenstehende Tür, und Brunner blickte auf.

„Servus“, sagte er.

„Hallo“, antwortete Hannes, „hast du kurz Zeit?“

Noch während er dies aussprach, ärgerte er sich darüber, dass er wie ein Bittsteller auftrat. Immerhin war soeben jemand fristlos entlassen worden. Wäre es da nicht Aufgabe des Betriebsrats, die Kollegen zu informieren und nicht die Aufgabe der Kollegen, bei diesem vorzusprechen?

„Was gibt's?“, fragte Brunner.

„Naja, wegen dem Jakob ...“, begann Hannes.

Brunner seufzte, lehnte sich zurück und sah Hannes an.

„Ja“, sagte er, „das ist blöd.“

„Was hast du vor?“, fragte Hannes.

„Naja“, antwortete Brunner zögernd, „da kann ich nicht viel machen. Du weißt ja wahrscheinlich eh schon, was los war.“

„Naja schon“, gab Hannes zurück, „aber trotzdem ...“

„Wir müssen mal abwarten“, meinte Brunner, „dann sehen wir schon.“

Hannes blickte Brunner nachdenklich an und nickte leicht. Er war drauf und dran, wieder zu seinem Platz zurückzukehren und so wie Brunner erst mal abzuwarten. Doch dann erinnerte er sich an ein Gespräch mit Jakob, das vor etwa einem Jahr stattgefunden hatte. Damals hatte er ihm mehr über sich erzählt, als Hannes hören wollte. Und obwohl er seither versucht hatte, ihm aus dem Weg zu gehen, fühlte er sich nun durch das Vertrauen, das Jakob ihm damals entgegengebracht hatte, dazu verpflichtet, etwas zu unternehmen.

Er sah Brunner in die Augen und sagte: „Nein.“

Der Betriebsrat blickte ihn erstaunt an. Er wusste nicht, was Hannes meinte.

„Hä?“

„Wir müssen was tun“, sagte Hannes. „Mir ist wurscht, was er gemacht oder nicht gemacht hat. Wir sind seine Kollegen, du bist der Betriebsrat und wir müssen ihm helfen.“

„Also, lieber Hannes“, antwortete Brunner, der offensichtlich nicht die geringste Lust hatte, sich in dieser Sache die Finger zu verbrennen, „das ist arbeitsrechtlich doch recht klar.“

„Scheiß aufs Arbeitsrecht“, sagte Hannes wütend, „wir kennen ihn schon so lang, wir müssen was tun.“

„Also sorry, aber was willst du tun, bitte?“

„Was weiß ich“, antwortete Hannes, „eine Unterschriftenaktion, eine Betriebsversammlung, irgendwas.“

„Nein.“

„Was ‚nein'? Du versuchst überhaupt nicht, ihm zu helfen?“

Brunner seufzte.

„Schau, ich kann nichts machen“, sagte er, „und ehrlich gesagt, hab ich auch ein bissl die Schnauze voll. Das war halt jetzt einmal zu viel.“

Hannes begriff, dass hier nichts zu machen war. Obwohl er ohnehin nicht damit gerechnet hatte, dass Brunner eine große Hilfe sein würde, überraschte ihn dessen völlige Gleichgültigkeit doch. Immerhin müsste er nur Hannes' Initiative unterstützen. Doch selbst dazu war er nicht bereit.

„Du bist echt ...“, sagte er.

„Was?“, rief Brunner, nun ebenfalls bereits etwas aufgebracht.

„... das Letzte!“, antwortete Hannes, drehte sich um und ging.

Als Hannes in den dritten Stock zurückkehrte, hatte sich sein Zorn über Brunners Unwilligkeit noch gesteigert. Als er bei Judith ankam, die in seiner Garderobe saß, fluchte er leise vor sich hin.

„Was sagt er?“, fragte sie.

„Nix", antwortete Hannes, „deppert ist er."

Judith blickte ihn enttäuscht und fragend an.

„Er sagt, er kann nichts machen. In Wirklichkeit will er einfach nicht." Hannes drehte sich um und setzte sich halb abgewandt von Judith auf die Garderobenbudel. Sie dachten beide nach. Hannes seufzte und hob resignierend die Schultern.

Nach einer Weile sagte Judith: „Und wenn wir was machen?"

Hannes drehte sich zu ihr um: „Naja, und was?"

„Ich weiß nicht, eine Unterschriftenliste oder so."

Hannes sah sie nachdenklich an.

„Ich weiß nicht. Ob das was bringt?"

Judith zuckte mit den Schultern.

„Vielleicht sollten wir eine Versammlung organisieren", sagte Hannes, „der Einfachheit halber. Dann müssen wir nicht mit allen einzeln reden."

Am nächsten Tag brachte Hannes mehrere Zettel mit, auf denen zu einer Versammlung für den nächsten Tag nach Ende der Vorstellung eingeladen wurde. Als Grund für das Treffen in der Kantine war „Aktuelle Entwicklungen im Betrieb" angeführt, unterzeichnet war die Aufforderung mit „KollegInnen aus dem dritten Stock". Hannes hängte drei Stück in der Garderobe der männlichen Angestellten auf, Judith übernahm jene der Kolleginnen. Außerdem wiesen beide einige Kolleginnen und Kollegen auf die Versammlung hin und forderten sie auf hinzukommen. Bis zum Ende der Vorstellung hatte sich im Theater herumgesprochen, dass die Versammlung nicht vom Betriebsrat einberufen wurde, und dass es bei dieser um die Entlassung von Jakob gehen sollte. Über diese wussten mittlerweile schon alle Bescheid.

Als Hannes am nächsten Abend zur Arbeit erschien, wartete Brunner vor dem Vorgesetztenbüro.

„Hast du die Zettel aufgehängt?“, fragte er Hannes.

„Warum?“, fragte dieser zurück.

Brunner sah ihn herablassend an: „Naja, eh wurscht, wer es war“, sagte er dann, „außer dem Betriebsrat macht jedenfalls keiner Versammlungen.“

„Dann mach doch!“, rief Hannes.

„Ich hab dir gestern gesagt, dass ich da nichts tun kann!“, sagte Brunner. „Deine Versammlung findet jedenfalls nicht statt!“

Hannes wandte sich ab und ging in die Umkleidegarderobe hinauf. Die Einladungen für die Versammlung waren verschwunden. Damit hatte Hannes gerechnet. Er öffnete seine Tasche, entnahm fünf Einladungen und befestigte diese an jeder dritten Spindtür. Danach zog er sich um und ging an seinen Arbeitsplatz. Er rechnete während des ganzen Abends damit, dass Brunner oder ein Vorgesetzter auftauchen und ihn erneut wegen der Versammlung zur Rede stellen würden, aber nichts passierte.

Es war eine kurze Vorstellung ohne Pause, die bereits ein paar Minuten nach halb neun endete. Hannes und Judith hofften, dass deshalb vielleicht ein paar Leute zu der Versammlung kämen, die zu einem späteren Zeitpunkt bereits nach Hause geeilt wären. Als Hannes in die Kantine kam, saßen da bereits Judith und zwei andere. Er war erleichtert, zumindest würde es kein totales Desaster werden. Ein paar Leute würden vielleicht noch kommen. Er grüßte die anderen und holte sich ein Bier von der Theke, bevor er sich hinsetzte. Die anderen blickten ihn erwartungsvoll an.

„Ich würd sagen, wir warten noch ein bisserl“, sagte er.

Die anderen nickten. Das mit Hannes’ Erscheinen ins Stocken geratene Gespräch kam langsam wieder in Gang. Paul, ein Garderobier aus dem Erdgeschoß, erzählte über seine heutigen Erlebnisse am Stiegenaufgang. Irgendein Promi war vorbeigekommen und hatte ihn angesprochen. Hannes hörte nicht zu.

Nach ein paar Minuten kamen noch zwei Kolleginnen, die im selben Bereich arbeiteten wie Jakob, kurz darauf noch zwei Leute. Die Vorstellung war mittlerweile bereits seit fast einer halben Stunde vorbei, es war unwahrscheinlich, dass noch jemand zu der Runde dazustoßen würde. Acht Leute. Judith blickte etwas verunsichert zu Hannes, der sie anlächelte. Er hatte mit noch weniger Teilnehmern gerechnet. Er ergriff das Wort, erläuterte kurz, was ohnehin alle Anwesenden bereits wussten. Dann warf er die Frage in die Runde, was sie nun tun könnten, um die Entlassung von Jakob zu verhindern, und schlug selbst einen offenen Brief an den Oberbilleteur vor. Paul meinte, sie sollten für den nächsten Tag eine kleine Protestaktion organisieren, um noch weitere Leute zu mobilisieren. Lucy, die im selben Bereich arbeitete wie Jakob, erwiderte, dass dies für alle Beteiligten größere negative Konsequenzen haben könne, als es der Sache nützen würde. Überhaupt glaube sie nicht, dass mehr als die Anwesenden dazu motiviert werden könnten, sich für Jakob einzusetzen. Dieser habe es sich einfach mit zu vielen Leuten verscherzt. Hannes gab ihr recht. Judith schlug vor, sofort einen kurzen Text zu formulieren. Alle waren einverstanden. Hannes holte einen bereits vorbereiteten Zettel aus seiner Tasche und las ihn den anderen vor: „Wir, eine Versammlung von Billeteurinnen und Billeteuren ..." – so musste niemand mit seinem Namen einstehen und Konsequenzen befürchten. Alle nickten schweigend, ein paar Änderungen wurden vorgeschlagen, die Hannes notierte. Die Diskussion war bald abgeschlossen. Hannes würde den Text fertig stellen, ausdrucken und morgen jeweils ein Exemplar dem Oberbilleteur und dem Betriebsrat überreichen. Außerdem würden sie weitere Ausdrucke in den Garderoben aufhängen. Niemand glaubte ernsthaft daran, dass diese Aktion etwas an der Kündigung ändern würde. Aber sie hatten es zumindest versucht.

Als Hannes am nächsten Abend ins Theater kam, stand der Betriebsrat gerade im Büro des Oberbilleteurs. Hannes nahm zwei Exemplare der Resolution aus seiner Tasche und drückte sie den beiden Herren wortlos in die Hand. Noch bevor diese irgendwie reagieren konnten, war er schon wieder aus dem Büro verschwunden und am Weg in das oberste Stockwerk. Den restlichen Abend wartete er dann nur mehr auf eine Reaktion. Angespannt machte er seine Arbeit, sprach weder mit Theatergästen noch mit den Kollegen mehr als ein paar Worte. Aber nichts passierte. Als er nach dem Ende der Vorstellung an Czernys Büro vorbeiging, war niemand zu sehen. Vor dem Gebäude warteten Paul und Lucy, die Hannes an diesem Abend noch nicht gesehen hatte. Judith hatte frei.

„Und?“, fragte Paul erwartungsvoll.

Hannes hob die Schultern und schüttelte den Kopf.

Der nächste Tag, ein Mittwoch, war vorstellungs- und somit auch dienstfrei. Dann kam der Gegenangriff. Als Hannes am Donnerstag wie üblich am Billeteursbüro vorbei und in sein Stockwerk gehen wollte, rief ihn Czerny beim Namen. Er machte kehrt, ging zum Büro und blieb mit fragenden Blick in der Tür stehen. Czerny redete nicht lange herum.

„Sie können gehen“, sagte er.

Hannes machte eine leichte Bewegung mit dem Kopf, als ob er nicht recht verstanden habe, was sein Gegenüber gesagt hatte. Der Oberbilleteur blickte ihn nur an.

„Wie bitte?“, fragte Hannes.

„Es hat zum wiederholten Mal Beschwerden von Gästen über Sie gegeben“, sagte Czerny.

Hannes schüttelte den Kopf. Er spürte Zorn in sich aufsteigen.

„Das können Sie nicht ernst meinen“, sagte er.

„Tut mir leid“, antwortete Czerny, „die Angelegenheit wurde gestern bereits mit Herrn Merner, mit dem Betriebsrat und der Personalabteilung diskutiert. Ich kann nichts machen.“

Hannes schüttelte wieder ungläubig den Kopf, als versuchte er aufzuwachen. „Ist das ernst gemeint?“, fragte er noch einmal.

„Ja“, sagte Czerny. „Sie können Ihre Sachen holen und dann bitte …“

Hannes drehte sich um und rannte die Stiegen hinauf. Während er seinen Spind ausräumte, fluchte er vor sich hin. Er war allein in der Garderobe. Bevor er ging, schrieb er ein SMS an Judith, in dem er ihr kurz erklärte, was passiert war. Dann rannte er die Stiegen hinunter, ging ins Billeteursbüro, warf Czerny den Spindschlüssel auf den Schreibtisch, rief dabei „Arschloch!“ und verließ das Theater.

Er ging in eine nahegelegene Bar, in der er bereits öfter nach Dienstschluss mit Kollegen Bier getrunken hatte. Es war eine dieser altmodischen Pianobars, in der im hinteren Raum ein Musiker klimperte. Es war noch früh am Abend, und Hannes war der einzige Gast. Auch das Klavier stand verlassen im Lokal. Hannes suchte sich einen Platz. Nachdem er bestellt hatte, nahm er sein Handy aus der Hosentasche, das bereits mehrmals gebrummt hatte. Judith und Paul hatten geschrieben. Sie wollten ihn sofort nach Beginn der Vorstellung anrufen. Der Kellner brachte ein Bier und einen Wodka, den Hannes sofort hinunterkippte. Dann nahm er einen Schluck von seinem Bier und wartete. Er war überrascht, wie ruhig er trotz seiner eben erfolgten Kündigung war. Manchmal ist es doch ein Vorteil, wenn man nicht in seinem Traumjob arbeitet, dachte er und musste dabei grinsen.

Zwanzig Minuten später klingelte Hannes' Telefon. Judith fragte, wie es ihm gehe und wo er sei. Dann erklärte sie ihm, dass sie gleich zusammen mit den anderen, die an der Versammlung teilgenommen hatten, zum Betriebsrat gehen würde. Er solle warten, sie würde sich wieder melden.

Hannes bestellte noch ein Bier und wartete.

Eine halbe Stunde später blickte Hannes auf sein Handy – nichts. Er wurde unruhig. Was war da los? Würde sich Judith melden? Vielleicht hatte sie der Mut verlassen und sie waren doch nicht zum Betriebsrat gegangen? Er bestellte das dritte Bier und wartete weiter. Plötzlich brummte sein Handy. Er nahm es und las die Nachricht: „Chaos. Meld mich gleich. J."

Er las die Worte mehrere Male und runzelte die Stirn. Was war da los?

Als die Tür der Bar aufging, blickte Hannes erwartungsvoll hin. Doch es war nur ein Mann mittleren Alters, der den Kellner freundschaftlich begrüßte und dann in einem Hinterzimmer verschwand. Ein paar Minuten später kam er zurück und steuerte auf das Klavier zu. Dabei nickte er Hannes zu, der zurückgrüßte. Der Mann setzte sich an das Instrument und begann zu spielen. Hannes musste lächeln. Er fühlte sich immer wie in einem Film, wenn jemand im Hintergrund Livemusik spielte. Und heute hatte er ohnehin bereits das Gefühl gehabt, in ein Drehbuch hineingeraten zu sein.

Zehn Minuten später ging die Tür der Bar erneut auf und Judith kam herein. Hannes blickte sie erstaunt an. Sie grinste breit und wirkte aufgekratzt. Noch bevor sie sich an Hannes' Tisch gesetzt hatte, begann sie zu erzählen: „Wir sind zu zwölft zum Brunner, der hat sich fast angschissen! Wollt natürlich nichts machen." Sie lachte nervös. „Wir haben gesagt, wir gehen nicht, bevor er nicht mitkommt zum Czerny. Dann sind wir mit ihm runter und der Paul hat dem Czerny gesagt, wir gehen alle, wenn er dich rausschmeißt."

Hannes hörte ihr erstaunt zu. Sie sprach schnell und aufgeregt.

„Ich hab ihn angeschrien und gesagt, das ist die größte Sauerei. Dann hat er zum Rumbrüllen angefangen und uns aus dem Büro geschmissen und den Merner geholt. Der ist gekommen und wir haben ihm gesagt, dass wir alle gehen. Dann hat er mit dem Czerny gesprochen. Ich hab schon geglaubt, das wird alles nix. Der Brunner ist auch fast hysterisch geworden. Morgen gibts eine Betriebsversammlung, wo du und Jakob besprochen werdet."

Hannes schüttelte den Kopf: „Und wieso bist du jetzt hier?"

Judith grinste: „Naja, ich bin halt ein bissl sehr laut geworden zwischendurch. Da hat der Merner gemeint, ich soll gehen und mich beruhigen und morgen sehen wir weiter."

Hannes lächelte.

Was am nächsten Tag geschah, erfuhr Hannes erst danach. Offiziell war er von der Versammlung nicht informiert worden. Judith rief ihn gegen zehn Uhr abends an. Er würde morgen von Czerny hören, erzählte sie. Auf der Betriebsversammlung war der Kompromiss ausgehandelt worden, dass Hannes' Kündigung rückgängig gemacht werde. Jakobs Entlassung hingegen blieb aufrecht. Brunner hatte sich kaum zu Wort gemeldet, ein Kollege hatte am Ende der Versammlung deshalb gefordert, dass sofort ein neuer Betriebsrat gewählt werden solle. Nach der Versammlung hatten mehrere Leute zu Judith gesagt, sie solle Hannes ausrichten, dass er bei nächster Gelegenheit kandidieren soll.

Am nächsten Vormittag klingelte Hannes' Telefon. Czerny teilte ihm mit, dass seine „Angelegenheit" noch einmal diskutiert worden sei. Offenbar habe es sich um ein Missverständnis gehandelt. Er solle wieder kommen, am besten gleich heute Abend. Hannes legte auf, ohne zu antworten. Am nächsten Tag ging er zum Arbeitsamt.

Nachtruhe (II)

Robert stand ganz hinten. An anderen Tagen hätte ihm die Band gefallen, aber heute war er nicht in der richtigen Stimmung. Er hatte das Bedürfnis, sich zu unterhalten. Er war ohnehin nie so begeisterungsfähig für Musik gewesen wie Hannes. Vielleicht lag es daran, dass er selbst am Musikmachen gescheitert war. Mit 14 hatte er sich ein paar Akkorde auf der Gitarre beigebracht und mit seinem Schulfreund Milo ein Duo gegründet. Im Kinderzimmer spielten sie „Wild Thing" nach, dessen Text in ihrer Version „Dosenbier – ich brauch dich jetzt und hier" lautete. Über Milos Zimmer schafften sie es nie hinaus. An diese Episode dachte Robert, während er der Band zusah und Hannes beobachtete. Dieser stand ganz vorne, unmittelbar vor der Bühne. Weit entfernt von Roberts Position war das freilich nicht, in den Laden passten höchstens hundert Menschen, und etwa so viele waren auch da. Es war voll und heiß.

Nach vier oder fünf Songs ging Robert in den Nebenraum und lehnte sich an die Bar. Der junge Mann, der das Bier und die zwei oder drei anderen Getränkearten ausschenkte, die es hier gab, war schwer betrunken. Er begrüßte Robert überschwänglich, fragte, wie es ihm gehe und meinte, dass dieser schon lange nicht mehr hier gewesen sei. Robert war nicht ganz sicher, ob er ihn mit jemandem verwechselte oder ob er sich tatsächlich besser an Robert erinnern konnte als dieser sich an ihn. Er kannte den Barmann, sie hatten sich ein oder zwei Mal kurz unterhalten, wusste aber nicht einmal dessen Namen.

Robert sah, dass hinter der Theke ein paar Tetrapaks billigen Orangensaftes standen und schloss daraus, dass heute auch Wodka-Orange serviert wurde. Seine diesbezügliche Frage bejahte der Barmann, und er begann, den Drink zusammenzumischen. Seine Trunkenheit wirkte sich auf die Zusammensetzung des Getränks aus. Er kippte die Wodkaflasche in den Plastikbecher, bis dieser halbvoll war, und füllte ihn dann bis zum Rand mit Saft an. Anschließend lallte er eine Zahl, die ihm gerade in den Sinn kam, Robert übergab ihm einen entsprechenden Geldbetrag und der Barmann bestand darauf, dass sie miteinander anstießen, um die Geld-Drink-Transaktion abzuschließen.

Robert blieb an der Theke stehen, während der Barmann sich anderen Trinkbedürftigen zuwandte. Er nahm einen Schluck von seinem etwas zu gut gemischten Plastikbecher-Screwdriver und blickte in Richtung Hauptraum, wo das Konzert noch in vollem Gang war. Als er sich gerade entschlossen hatte, wieder hineinzugehen, sprach ihn eine junge Frau an, die er flüchtig kannte. Pia. Auch sie begrüßte Robert erfreut und fragte ihn, wie es ihm gehe. Während der folgenden kurzen Unterhaltung betonte sie mehrmals seinen Namen – so als wollte sie unterstreichen, dass sie diesen auch tatsächlich wusste. Auch ihre Überschwänglichkeit erstaunte Robert. Die beiden hatten einander vor etwa anderthalb Jahren bei einer Party kennengelernt und einen fröhlichen Abend mit Trinken, Tanzen und Gesprächen verbracht. Beinahe wären sie damals zusammen nach Hause gegangen, doch in dem Moment, in dem sich dies entschieden hatte, war es nicht passiert. Als sie einander einige Wochen später zufällig begegneten, sprach Robert sie an. Pia war damals zwar erfreut darüber gewesen, aber Robert hatte das Gefühl gehabt, dass sie ihn kaum wiedererkannte. Dieses zweite Gespräch hatte nicht sehr lange gedauert. Seit damals hatte Robert sie das eine oder andere Mal gesehen und war sich nie sicher gewesen, ob sie ihn ignorierte oder nun eben tatsächlich nicht mehr erkannte. Und nun diese Begrüßung – so wie man einen alten Freund begrüßt, den man lange nicht gesehen hat.

Sie unterhielten sich kurz über den heutigen Abend.

„Ganz schön was los hier!“

„Ja, ganz guter Abend.“

„Band find ich so naja.“

„Ja – eh ok.“

Nach ein paar Minuten Smalltalk sagte Pia, dass sie sich schnell was zu trinken holen würde. Robert blieb an der Theke stehen. Sie kaufte eine Bierdose, unterhielt sich kurz mit zwei anderen Leuten neben der Bar und ging dann, Robert zunickend, in den Hauptraum zurück. Dieser blickte ihr nach, war überrascht darüber, dass sie das Gespräch nicht fortsetzte und zuckte in Gedanken mit den Schultern.

Dann holte er sein Handy aus der Hosentasche, um auf die Uhr zu sehen. Es war kurz vor elf. Er sah, dass er eine Nachricht bekommen hatte und klickte diese an. Tatjana schrieb: „Machst was? Ich hab sturmfrei“.

Robert schrieb zurück und forderte sie auf, zu ihnen zu stoßen. Etwa eine halbe Minute später kam auch schon die Antwort: „Ok, bis gleich.“

Als Tatjana etwa 20 Minuten später kam, gab Robert ihr zur Begrüßung einen Wodka-Orange aus und nahm selbst auch noch einen. Während sie mit ihren abermals gut gefüllten Bechern anstießen, ging im anderen Raum das Konzert zu Ende. Ein paar Dutzend Menschen bewegten sich nun in Richtung Theke, wo es ziemlich eng wurde. Auch Hannes war darunter. Als er etwa drei Meter von den beiden entfernt war, begrüßte er Tatjana rufend und winkend.

„Die waren echt gut“, sagte er.

Robert nickte.

„Also hab ich was verpasst?“, fragte Tatjana.

Hannes nickte.

„Und wie du was verpasst hast“, sagte er.

„Wer war das?“, wollte Tatjana wissen.

„Endstation Ananas“, antwortete Hannes, „echt gut.“

Dann wandte er sich zur Theke und wartete darauf, etwas bestellen zu können. Robert prostete Tatjana zu. Er war froh, dass sie gekommen war, denn die beiden sahen einander immer seltener. Früher hatten sie fast jedes Wochenende miteinander verbracht und sich auch dazwischen oft getroffen. Doch mit dem Älterwerden hatte sich das geändert. Die Prioritäten hatten sich im Lauf der Zeit verschoben, Verpflichtungen waren dazugekommen, und während der vergangenen Jahre hatten sie einander kaum gesehen. Erst seit einigen Monaten trafen sie einander wieder regelmäßiger. Tatjana arbeitete als Fotografin und hatte zwei Kinder. Seit diese etwas selbständiger geworden waren, fuhr Max, Tatjanas Lebensgefährte, mit ihnen manchmal für ein paar Tage zu seinen Eltern. Tatjana nutzte solche Tage, um das zu tun, was sie früher so gern getan hatte: sich mehrere Nächte am Stück um die Ohren schlagen, als gäbe es keinen Montag. Und wenn dann der Montag kam, war sie wieder eine fleißige und brave berufstätige Mutter, als hätte es das Wochenende nie gegeben. Und doch bohrte irgendwo in ihr der Drang, Dinge zu tun, die sie vielleicht nicht mehr tun sollte. Und manchmal erzählte sie Robert davon.

Maria und der andere

Das Taxi kam zu früh. Tatjana packte gerade noch ein paar Sachen in eine kleine Reisetasche, als die Türglocke klingelte. Sie blickte auf die Uhr im Studio. 17:52. Sie hatte das Taxi für sechs bestellt. Sie ging zum Empfangstisch beim Eingang des Fotostudios und drückte einen Knopf der Gegensprechanlage.

„Ja?", fragte sie.

„Haben Sie ein Taxi bestellt?", lautete die Gegenfrage.

„Ja."

Kurze Pause.

„Ich bin gleich unten", sagte sie dann, „zwei Minuten!"

„Ok", antwortete der Taxifahrer, „ich stehe ein Stück links die Straße rauf."

„Alles klar."

Tatjana ging wieder zurück in ihr Büro und checkte noch einmal, ob sie alles eingepackt hatte, was sie an Equipment brauchte. Ihr war nicht ganz klar, weshalb sie für diesen Job gebucht worden war. Das Angebot war für sie aber so attraktiv gewesen, dass sie nicht viele Fragen gestellt hatte. Eine Journalistin, die sie flüchtig kannte, wollte ein Interview mit Bernhard Grüninger machen und brauchte jemanden zum Fotografieren. Ein gemeinsamer Bekannter hatte ihr Tatjana schon vor einiger Zeit empfohlen. Maria – so hieß die Journalistin – hatte zunächst ein paar andere Fotografen gefragt, mit denen sie bereits früher zusammengearbeitet hatte. Doch niemand wollte sich für das Honorar, das sie bieten konnte, auf den Job einlassen. Tatsächlich war der vereinbarte Lohn für die zu leistende Arbeitszeit gar nicht schlecht. Der Haken war aber, dass Maria eben nur die paar Stunden bezahlen konnte, die für das Interview anberaumt waren. Die anderen Fotografen wollten auch für die Reisezeit nach Berlin und retour zumindest eine kleine Pauschalvergütung. Maria fand das absolut angemessen, konnte es aber schlicht nicht finanzieren. Die ganze Sache lief voraussichtlich ohnehin auf ein Verlustgeschäft für sie hinaus, aber sie wollte das Interview unbedingt machen. Sie liebte Grüningers Filme und hatte mehrere Monate lang versucht, einen Termin für ein ausführliches Gespräch zu bekommen. Ein Magazin hatte sich zudem nach mehreren Anfragen bereit erklärt, das Gespräch als großes Porträt zu drucken. Zehn oder fünfzehn Jahre früher hätten Geschäftsführer von Zeitschriftenverlagen die drei- oder vierfache Summe für eine derartige Story zur Verfügung gestellt. Heute verwiesen alle auf die Printkrise, und man musste schon viel Glück und gute Kontakte haben, um überhaupt eine Spesenfinanzierung für ein derartiges Projekt zu bekommen. Die großen Verlage wollten Kohle sehen – wie diese gemacht wurde, war ihnen egal. Sie setzten Geschäftsführer in die Medienhäuser, die Chefredakteure nach deren Befähigung einzustellen hatten, die Magazine zu Geldmaschinen umzubauen. Mit welchen Inhalten dies passierte, war allen Beteiligten egal. Allen, bis auf die freien Journalisten, die ihre einstigen Hoffnungen auf einen gut dotierten Job als festangestellte Redakteure längst begraben hatten.

Tatjana hatte sofort zugesagt. Immerhin bekam sie einen Flug nach Berlin bezahlt. Weshalb Maria sich nicht vor Ort einen Fotografen suchte, hatte sie nicht ganz verstanden, aber natürlich auch nicht nachgefragt. Vermutlich hatte sie keine Kontakte in Berlin und wollte nichts riskieren. Tatjana wandelte einen mäßig bezahlten Job in einen günstigen Miniurlaub um. Und den hatte sie dringend nötig. Ihr Freund war zwar nicht gerade begeistert von der Vorstellung, ein ganzes Wochenende alleine die beiden Söhne beaufsichtigen zu müssen, aber er hielt sie trotzdem nicht ab. Max wusste, dass Tatjana dies auch nicht tun würde. Und so hatte er sich sofort einverstanden gezeigt und dabei wieder einmal das gute Gefühl gehabt, eine trotz schwieriger Umstände gute Beziehung zu führen.

Und die Umstände waren schwierig: Tatjana hatte zwar viele Aufträge, doch diese wurden immer schlechter bezahlt. Max' Teilzeitjob als Grafiker in einer kleinen Werbeagentur brachte auch weniger ein, als das immer noch großspurige Image der Szene vermuten ließ. Ihre beiden Söhne Baldwin und Johannes waren in einem „schwierigen Alter", wie Tatjanas Mutter kürzlich gesagt hatte. Tatjana fragte sich seither, ob zwei beinahe gleichaltrige Buben jemals in *keinem* „schwierigen Alter" seien. Überarbeitung und finanzielle Sorgen lasteten auf der Familie.

„Ich hab mir schon gedacht, dass es nicht einfach wird", hatte Max vor einigen Wochen gesagt, als wieder einmal ein größerer Auftrag geplatzt war, den sein Konto dringend benötigt hätte, „aber *das* ..."

Dabei hatte er diesen ironischen Ton angeschlagen, bei dem Tatjana nie genau wusste, ob er seine Aussage damit relativieren oder unterstreichen wollte. Sie hatte ihn nachdenklich angesehen und wieder diesen beunruhigenden Gedanken gehabt, der sich während der vergangenen Monate bereits ein paar Mal bei ihr eingeschlichen hatte: *An seiner Stelle würde ich abhauen.*

Tatjana wusste, dass Max sich nie verdrücken würde. Er liebte sie, er liebte die Kinder, und die prekäre Arbeitssituation nahm er hin, weil er keine Alternativen sah. Tatjana war sich beinahe sicher, dass sie an seiner Stelle einen Ausbruch zumindest erwägen würde. Aber als Mutter? Sie hasste sich für diese Überlegungen und konnte nicht entscheiden, was sie mehr verabscheute: ihre Phantasie, die Familie zu verlassen oder die traditionalistische Vorstellung, die es ihr unmöglich erscheinen ließ, von ihrer Mutterrolle zu desertieren, wohingegen es ihr für den Vater nicht so abwegig erschien.

Tatjana warf noch einen kurzen Blick in das Regal ihres kleinen Büros in dem Gemeinschaftsstudio. Hatte sie alles? Sie war sich sicher, dass sie bereits mehr Objektive, Filter und Beleuchtungszubehör eingepackt hatte, als sie für diesen Job benötigte, ging aber trotzdem in Gedanken noch einmal alles durch. Sie wollte stets gute Arbeit abliefern. Dazu gehörte auch, auf alles vorbereitet zu sein: schlechte Lichtverhältnisse, ein kleiner Raum oder zu wenig Zeit, um alles in Ruhe aufbauen zu können – all das sollte sie nicht daran hindern, gute Bilder zu machen. Und bei optimalen Voraussetzungen wollte sie eine perfekte Arbeit abliefern. Sie war vorbereitet. Sie hängte sich den Rucksack um, nahm die Lichttasche und schulterte das Stativ. Dann ging sie zur Eingangstür, wo sie noch einmal kurz stehen blieb und einen Blick zu den anderen Türen des Studios warf, wo heute ausnahmsweise niemand mehr arbeitete. Es war ganz still. Tatjana spürte ein Gefühl des Stolzes in sich aufsteigen. Sie hatte das Studio vor drei Jahren zusammen mit zwei Kollegen gemietet und eingerichtet. Damals war für sie ein Traum in Erfüllung gegangen. Daniel und Tom arbeiteten beide als freischaffende Kameramänner und Cutter für kleine Filmfirmen. Die drei kannten einander aus Unizeiten und waren im Gegensatz zu vielen anderen kurzzeitigen Weggefährten hartnäckig genug gewesen, trotz widriger Bedingungen in ihren Traumjobs zu arbeiten. Jahrelang hatte Tatjana oft nicht gewusst, wie sie ihre nächste Miete bezahlen sollte. Doch gute Arbeit und viel Networking hatten schließlich zu immer mehr und kontinuierlichen Aufträgen geführt. Manchmal hatte sie das Gefühl, gar keine Freunde mehr zu haben, sondern nur mehr Kolleginnen oder Bekannte, deren Kontakt sie aus beruflichen Gründen pflegte. Klar, hier im Studio ging es familiär zu, die drei waren im Lauf der Jahre zu guten Freunden geworden. Aber irgendwie erschien es Tatjana manchmal doch seltsam, fast ausschließlich Leute zu kennen, die in derselben Branche arbeiteten wie sie selbst. Sie riss sich aus ihren Gedanken los, drehte das Licht ab, ging hinaus und schloss die Tür zum Studio ab.

Die Fahrt zum Flughafen dauerte kürzer, als Tatjana erwartet hatte. Sie hatte mit Maria einen Treffpunkt direkt am Gate ausgemacht. Während Tatjana auf sie wartete, schrieb sie ein SMS an eine Freundin aus Schulzeiten, die seit mehr als zehn Jahren in Berlin lebte. Bei dieser sollte sie während der nächsten zwei Tage wohnen. Sie hatte Jenny schon einige Jahre nicht mehr gesehen und auch nur selten schriftlichen Kontakt zu ihr gehabt. In der Schule und zu Beginn ihres Studiums waren sie beste Freundinnen gewesen, doch danach hatten sich ihre Wege getrennt. Obwohl Jenny weggezogen und sie selbst in Wien hängengeblieben war, so dachte Tatjana oft, dürfte Jenny sich weit weniger verändert haben als sie selbst. Nach dem zu urteilen, was sie von Jennys Leben mitbekam, unterschied sich dieses kaum von ihrer beider Leben während der gemeinsamen chaotischen ersten Zeit nach der Schule. Sie hatten nach der Matura in einer kleinen WG zusammengewohnt und sich ein paar Semester lang ausführlich dem Studium des Nachtlebens und dessen vielfältigen Genüssen gewidmet. Als ihnen beiden dämmerte, dass es so nicht ewig weitergehen konnte, entwickelten sie unterschiedliche Auswege: Tatjana begann sich ernsthaft mit Fotografie und den Möglichkeiten zu beschäftigen, damit auch Geld zu verdienen. Jenny zog nach Berlin und gab sich neuen Vergnügungen hin.

Als Maria kam, begann bereits das Boarding. Die beiden Frauen begrüßten einander und wechselten ein paar Worte, dann mussten sie schon ins Flugzeug, wo ihre Plätze weit voneinander entfernt waren. Der Flug verlief ereignislos. Abgesehen davon, dass die Stewardessen Faschingskrapfen verteilten, weil Faschingsdienstag war. „Schon Faschingsdienstag?", dachte Tatjana, während sie in den Krapfen biss und überlegte, wann sie sich zuletzt verkleidet hatte.

In Berlin trafen sich Tatjana und Maria an der Gepäckausgabe und beschlossen, irgendwo in der Stadt noch für ein gemeinsames Getränk Halt zu machen, um den morgigen Tag zu besprechen. Sie nahmen ein Taxi und fuhren Richtung Friedrichshain, wo sowohl Marias Hotel als auch Jennys Wohnung lagen. Um einen zu weiten Fußweg für Tatjana zu vermeiden, die ihre Fotoausrüstung schleppen musste, fuhren sie zu einem kleinen Lokal in der Nähe von Jennys Wohnung, das Maria kannte. In der Bar waren nur wenige andere Gäste. Maria und Tatjana ließen sich in Sessel fallen und bestellten Bier. Viel gab es ohnehin nicht zu besprechen, da sie die wichtigsten Punkte bereits telefonisch geklärt hatten. Das Treffen mit Grüninger war zwischen zehn und 15 Uhr anberaumt. Viel Zeit also für alle Beteiligten. Sie vereinbarten einen Treffpunkt für neun Uhr früh, um gemeinsam nach Charlottenburg zu fahren, wo die Villa des Regisseurs stand.

Nachdem sie das geklärt hatten, nahm Tatjana einen Schluck aus ihrer Flasche. Dann sah sie Maria an.

„Warum hast du eigentlich mich mitgenommen?", wollte sie wissen.

Maria lächelte.

„Ich mag deine Arbeit", antwortete sie, als hätte sie bereits auf die Frage gewartet, „ich habe ein paar Fotostrecken von dir bei ähnlichen Geschichten gesehen. Und mir hat einfach dein Stil gefallen."

Immer wenn Nicht-Fotografen von ihrem „Stil" und ihrer „Arbeit" sprachen, hatte Tatjana das Gefühl, diese wüssten mehr darüber als sie selbst. Natürlich hatte sie sich über die Jahre eine große Routine und viel technisches Wissen angeeignet und sich vor allem in der Anfangszeit auch ausführlich mit Fototheorie und Bildgestaltung und allem möglichen beschäftigt. Doch bereits damals hatte sie zum ersten Mal den Gedanken gehabt: *Am Ende gehts nur darum, auf einen Knopf zu drücken.*

Zuerst hatte sie das in eine Sinnkrise gestürzt. War Fotografieren Kunst? Oder zumindest eine kreative Tätigkeit? Oder irgendeine Art von Tätigkeit, die nicht so ziemlich jeder mit etwas Hausverstand ausüben könnte? Und: Hatten andere Fotografen ähnliche Selbstzweifel? Sie wusste es bis heute nicht, denn sie hatte sich nie mit Kolleginnen und Kollegen ernsthaft darüber unterhalten. Sie hatte das Gefühl, dass sie gegen einen unausgesprochenen Kodex verstoßen würde, wenn sie derartige Fragen aufwerfen würde.

„Was ist?“, fragte Maria und holte die ins Leere grinsenden Tatjana in die Gegenwart zurück.

„Nichts“, sagte diese und setzte sich aufrecht hin.

Sie lachte kurz.

„Nichts, ich habe nur grad an was gedacht. Egal. Ja, danke für das Kompliment. Ich lese deine Sachen auch sehr gerne.“

Sie wusste, dass sie noch mehr sagen musste.

„Man merkt, dass du wirklich mit viel Herzblut deine Geschichten machst“, sagte sie schließlich und genierte sich wegen so viel Plattheit.

Doch Maria sagte „Danke“ und lächelte nun selbst still vor sich hin.

Nachdem sie ausgetrunken und bezahlt hatten, verabschiedeten sich Maria und Tatjana voneinander. Es war kurz vor 23 Uhr, als Tatjana vor der Tür des Hauses stand, in dem Jennys WG war. Sie drückte auf die Klingel mit dem Kürzel „JFK“ – Jenny, Fredo und Kuki wohnten hier zusammen, wie Jenny Tatjana erklärte hatte. Während sie auf Antwort wartete, trat sie einen Schritt zurück und blickte die Hausfassade hinauf. Das Gebäude war eines der wenigen in der Gegend, die noch nicht zu Tode saniert worden waren. Tatjana hatte sich schon gefragt, wie Jenny es mitten im gentrifizierten Friedrichshain aushielt.

„Hallo?", tönte eine rauschende Stimme aus der Gegensprechanlage.

Tatjana machte einen Satz nach vorne und sagte: „Hallo, ich bins!"

„Hey", kam die Antwort. „Dritter Stock."

Der Türöffner summte.

Jenny wartete mit freudigem Lächeln in der offenen Wohnungstür.

„Tatja!" rief sie und umarmte Tatjana. „Komm rein."

Die Wohnung war so, wie Tatjana sie sich vorgestellt hatte. Es war eine dieser WGs, in denen sie früher selbst gewohnt hatte, und in denen früher fast alle ihrer Bekannten gewohnt hatten. Früher, bevor alle in Erwachsenenwohnungen übersiedelt waren. Alles war etwas unordentlich, nicht besonders sauber, aber auch nicht unangenehm schmutzig, abgewohnt und renovierungsbedürftig. Die Wände hätten schon vor zehn Jahren neu gemalt werden müssen. Und ein paar neue Möbel wären auch längst nötig gewesen. Es war schön, und Tatjana fühlte sofort eine nostalgische Erinnerung an eine längst vergangene Phase ihres Lebens.

„Du hast Glück", sagte Jenny, „Kuki ist übers Wochenende weg und du darfst das Zimmer haben."

„Cool", sagte Tatjana.

„Und ich hab sogar Bettwäsche gewaschen", sagte Jenny schmunzelnd.

„Die Zeiten, wo ich gesagt hätt, dass das wurscht gewesen wär, sind vorbei", antwortete Tatjana.

Sie lachten. Tatjana hatte das Gefühl, Jenny vor ein paar Tagen zum letzten Mal gesehen zu haben. Tatsächlich war es Jahre her.

Wenig später saßen sie in der großen Gemeinschaftsküche, tranken Bier und unterhielten sich über gemeinsame Bekannte, über ihre Erlebnisse und kleinen Abenteuer, über Gott und die Welt. Tatjana fühlte sich bald etwas berauscht und sehr zufrieden. Sie konnte sich nicht daran erinnern, wann sie zuletzt einen so entspannten Abend verbracht hatte.

Gegen halb zwei sagte sie, dass sie nun besser schlafen gehen sollte. Immerhin müsse sie um acht Uhr wieder aufstehen. Jenny stand auf und holte zwei Schnapsgläser und eine Flasche von einem Regal neben dem Kühlschrank.

„Einen noch zum Schlafengehen“, sagte sie.

In diesem Moment hörten sie, dass jemand die Haustür aufsperrte. Ein paar Sekunden später öffnete sich die Küchentür und ein Männerkopf erschien im Türspalt.

„Hallo“, sagte dieser.

„Hey“, rief Jenny, „trink einen mit uns!“

Sie stellte ihren Gast und ihren Mitbewohner einander vor und holte noch ein drittes Glas. Fredo setzte sich neben Tatjana und sah sie an.

„Besuch aus Österreich“, sagte er lächelnd.

Tatjana grinste etwas unbeholfen. Jenny holte ein drittes Glas und füllte es, die drei prosteten einander zu und leerten die Gläser.

„Tatjana wollte grad schlafen gehen“, sagte Jenny.

Fredo sah Tatjana gespielt vorwurfsvoll an: „Jetzt, wo ich da bin?“

Tatjana erläuterte umständlich, weshalb sie sich zurückziehen müsse und stand dann auf. Sie bedauerte tatsächlich, den Abend beenden zu müssen. Obwohl sie sich noch nicht miteinander unterhalten hatten, war ihr Fredo sofort sympathisch. Die drei versicherten einander, dass sie am nächsten Abend gemeinsam etwas unternehmen würden.

Der Morgen war herausfordernd für Tatjana. Als der Wecker klingelte, bereute sie nicht nur den letzten Schnaps der vergangenen Nacht. Sie stand auf, und während sie duschte, merkte sie zu ihrer Erleichterung, dass der Kater nicht allzu heftig war. Nachdem sie sich angekleidet hatte, verließ sie sofort die Wohnung und machte am Weg zu dem mit Maria vereinbarten Treffpunkt kurz bei einem Kiosk halt, um zu frühstücken. Danach fühlte sie sich halbwegs bereit für den heutigen Job.

Im Taxi zum Haus des Regisseurs sprachen Maria und Tatjana nicht viel miteinander. Tatjana sah sich die vorbeiziehenden Straßen Berlins an, während Maria in ihren Unterlagen für das Interview blätterte und sich Notizen machte. Als sie sich ihrem Ziel näherten, packte Maria Zettel und Notizbuch in ihre Tasche.

„So", sagte sie, „jetzt wirds ernst."

Tatjana nickte. Sie merkte, dass Maria nervös war. Tatjana berührte die ganze Sache nicht so stark. Sie kannte ein paar Filme Grüningers, war aber kein großer Fan. Ihr war Grüninger immer etwas zu künstlerisch gewesen.

Der Tag verlief routiniert und angenehm. Tatjana achtete kaum auf das Interviewgespräch, sondern konzentrierte sich völlig auf ihre Arbeit. Sie schoss weit mehr Fotos, als sie vorgehabt hatte. Sie hatte einfach genug Zeit. Mehrmals veränderte sie die Beleuchtungssituation und konnte so ein paar sehr unterschiedliche Serien fotografieren. Nach dem Interview war die Stimmung so entspannt, dass Grüninger die beiden durch die Zimmer der Villa führte und Tatjana ein paar schöne Bilder von Einrichtungsgegenständen, Bücherwänden und Filmpreisen machen konnte. Sie war zufrieden mit ihrer Arbeit. Während sie ihr Equipment in den Taschen verstaute, hörte sie dem Smalltalk zwischen Maria und Grüninger zu. Maria verhielt sich jetzt ganz anders als während des Interviews. Sie hatte die professionelle Hülle abgelegt und war nur mehr Fan. Sie kicherte sogar über ein paar von Grüningers harmlosen Witzchen. Tatjana fragte sich, ob sie je zu irgendeinem Künstler ein derartiges Fan-Verhältnis gehabt hatte. Sie wünschte, sie hätte es. Es muss etwas Beruhigendes haben, sich so intensiv mit dem Werk eines einzigen Künstler zu identifizieren, dachte sie, etwas Konstantes.

„Fertig?", fragte Maria plötzlich und rüttelte Tatjana aus ihren Gedanken.

„Ja", antwortete diese, während sie den Reißverschluss ihrer Stativtasche schloss.

Grüninger begleitete die beiden bis zur Tür des Hauses, und sie verabschiedeten sich beinahe freundschaftlich voneinander. Das Taxi, das Maria hatte rufen lassen, wartete bereits. Sie fuhren erneut schweigend ins Zentrum zurück. Diesmal blickte Maria aus dem Fenster, während Tatjana ihr Smartphone aus der Jackentasche holte und Max über das bisher Geschehene berichtete.

Sie fuhren bis zu Jennys Wohnung und luden die Fotoausrüstung aus. Maria half Tatjana, die Sachen in die Wohnung zu tragen. Fredo war zu Hause. Sie stellten einander kurz vor, dann verließen Maria und Tatjana die WG wieder – sie wollten noch zusammen essen, das Interview nachbesprechen und ein paar von Tatjanas Fotos ansehen.

„Bis später!", sagte Tatjana zu Fredo, als sie gingen.

Am späten Nachmittag kam Tatjana in die WG zurück. Es war niemand da. Sie ging in das Zimmer, in dem sie schlief, und legte sich auf das

Bett. Nach ein paar Minuten war sie bereits eingenickt. Sie träumte, dass sie mit Jenny am Dachboden von Grüningers Haus Bier trinkt. Die leeren Flaschen werfen sie in den dunklen Teil des Dachbodens, wo man sie zerbersten hört. Jenny lacht laut. Im Hintergrund kann Tatjana Marias Stimme hören, die sie auffordert, endlich mit der Foto-Arbeit zu beginnen. Jenny lacht und Tatjana bleibt sitzen. Plötzlich piept und brummt ihr Handy. Sie holt es aus ihrer Jacke und sieht, dass Max ihr eine Nachricht geschrieben hat. Sie versucht, diese zu lesen, hat aber den Code vergessen, mit dem sie das Handy entsperren muss. Irritiert wirft sie das Handy in die dunkle Ecke, wo es klirrend in den Bierflaschenscherben landet.

Tatjana wachte auf. Aus der Küche hörte sie das Klirren von Flaschen. Vermutlich räumte Jenny oder Fredo die Reste des gestrigen Abends weg. Es war mittlerweile dunkel im Zimmer, doch Tatjana nahm ein schwaches Leuchten wahr. Ihr Handy blinkte. Max hatte zurückgeschrieben.

Jenny saß in der Küche und sah lächelnd auf, als Tatjana hereinkam.

„Na?“, fragte sie.

„Bin grad ein bisschen eingeschlafen“, sagte Tatjana.

„Wie war euer Interview?“

Tatjana sah sie an. Sie fühlte sich von dem kurzen Tiefschlaf etwas benommen.

„Ja, eh gut“, sagte sie dann.

Sie erzählte von dem Job, dann unterhielten sie sich über den weiteren Verlauf des Abends. Jenny schlug vor, irgendwo was zu essen und anschließend dort fortzusetzen, wo sie gestern Nacht aufgehört hatten. Später könnten sie auf eine WG-Party bei ein paar Freunden von ihr gehen. Tatjana war einverstanden. Sie hätte Jenny gern gefragt, ob sie wisse, was Fredo mache, doch sie wollte ihr gegenüber nicht zeigen, dass sie dies interessierte. Sie gingen in einen kleinen Kebabladen, wo sie aßen und tranken. Dann wechselten sie in eine noch kleinere, spärlich möblierte Bar und tranken Flaschenbier. Kurz nach 22 Uhr holte Jenny zwei neue Getränke von der Theke. Nachdem sie sich hingesetzt und sie einander zugeprostet hatten, schlug Jenny vor, nach den Drinks zur Party zu gehen. Tatjana war einverstanden. Sie war schon etwas angeheitert und freute sich auf die Nacht. Sie hatte sich für den nächsten Tag nichts vorgenommen und wollte sich einfach mal wieder ohne Rücksicht auf Termine oder Kinder betrinken. Mit Jenny hatte sie eine willige Gefährtin für dieses Vorhaben gefunden. Eine halbe Stunde später gingen sie lachend in Richtung der WG von Jennys Freunden. Am Weg kauften sie noch ein paar Flaschen Bier.

Die Wohnung war etwas größer als die von Jenny, und sie war voll. Tatjana hatte mit einer kleinen Runde von ein paar Leuten gerechnet, aber hier drängten sich ein paar Dutzend Menschen in den vier oder fünf Räumen. Jenny stellte Tatjana ein paar Mal vor, doch bald waren sie beide in unterschiedliche Gespräche vertieft. Nach etwa einer halben Stunde sah Tatjana sich um, konnte Jenny aber nirgendwo sehen. Sie fragte ihren Gesprächspartner, wo die Küche oder das Bier zu finden seien und drängte sich dann dort hin. Neben dem Kühlschrank standen zwei junge Männer, die sie noch nicht gesehen hatte. Sie grüßten Tatjana und sie stellte sich vor.

„Ah“, sagte einer von den beiden, „du bist Jennys Freundin!“

Sie stießen an, plauderten ein wenig, aber Tatjana fand nicht so recht in das Gespräch hinein.

„Ich schau mal raus“, murmelte sie und verließ die Küche.

Sie wusste nicht, wohin sie sich wenden sollte und beschloss, eine Runde durch die Wohnung zu drehen. Vielleicht würde sie Jenny ja irgendwo finden. In dem kleinen Zimmer neben der Küche herrschte ruhige Stimmung. Ein paar Leute saßen am Boden, es roch nach Cannabis. Als Tatjana durch die Tür sah, blickten ein paar Gesichter in ihre Richtung. Sie nickte, sagte „Hey", und ging weiter. Der nächste Raum war lebendiger. Etwa zwanzig Personen standen und saßen in dem mittelgroßen Zimmer, laute Musik tönte aus den Boxen einer Stereoanlage. Tatjana ging hinein und sah sich suchend um. Jenny war nirgendwo zu sehen. Tatjana ging zur hintersten Ecke, in der ein paar Partygäste auf zwei Sofas verteilt um einen kleinen Tisch saßen. Und da war er. In einer Couchecke saß Fredo mit einer Bierflasche in der Hand. Er sah zu Tatjana und lächelte sie an. Sie lächelte zurück. Fredo winkte ihr zu und deutete auf den freien Platz auf der Couch neben sich. Tatjana setzte sich neben ihn. Sie merkte, dass sie blöd und verlegen grinste, als sie unbeholfen fragte: „Du auch hier?"

Fredo lachte: „Na klar."

Es dauerte etwas, doch nach ein paar Minuten waren Tatjana und Fredo in ein Gespräch vertieft. Sie lachten und plauderten, und als Jenny sich etwa eine halbe Stunde später zu ihnen setzte, wunderte sie sich über den vertrauten Eindruck, den die beiden machten. Die Zeit verging schnell. Irgendwann blickte Tatjana auf ihr Handy. Die Ziffern verschwammen vor ihrem betrunken Blick. Sie registrierte erstaunt, dass es bereits fast vier Uhr früh war, hatte dies aber schon wieder vergessen, als sie das Handy wieder in ihre Hosentasche steckte. Jenny war längst wieder irgendwo anders gelandet. Auf den Couchplätzen neben ihnen hatte sich schon ein halbes Dutzend Gäste abgewechselt, nur Tatjana und Fredo saßen immer noch da. In ihrer Unterhaltung war eben eine Pause eingetreten. Nach ein paar Augenblicken sagte Fredo: „Also langsam hab ich genug von hier."

Tatjana blickte auf die immer lauter werdenden Betrunkenen im Zimmer und nickte.

„Sollen wir noch woanders hin?", fragte Fredo.

Tatjana nickte immer noch.

„Ja, warum nicht", antwortete sie dann, „ich hab noch nicht viel gesehen von eurer Stadt."

Sie standen auf und suchten Jenny, die sofort mit einem Ortswechsel einverstanden war.

Tatjanas nächste Erinnerung war, dass sie in einer größeren Bar standen. Fredo und sie warteten neben der Tanzfläche am hinteren Ende auf Jenny, die Getränke holte. Dann ging alles sehr schnell. Zumindest erschien es Tatjana so, als sie später über die Nacht nachdachte. Vielleicht hatte sie auch einiges vergessen. Aber ihrer Erinnerung nach war Jenny plötzlich weg. Sie saß neben Fredo auf einer durchgesessenen Ledercouch. Es war zu laut, um sich zu unterhalten, und so blickten sie beide in Richtung der Tanzfläche und tranken Gin-Tonic. Irgendwann sahen sie nicht mehr in Richtung der Tanzfläche, sondern starrten einander in die Augen. Und dann starrten sie einander nicht mehr in die Augen, sondern hatten diese geschlossen und küssten einander.

Am frühen Nachmittag wachte Tatjana auf. Sie wusste sofort, wo sie war. Leise stand sie auf, schlich sich aus Fredos Zimmer und ging ins Badezimmer, wo sie sich unter die Dusche stellte. Ihr war die verzweifelte Symbolik bewusst, die das hatte, und sie wusste auch, dass sie die vergangene Nacht nicht einfach wegwaschen konnte. Sie fühlte sich noch betrunken und wünschte sich, klar denken zu können, um das, was passiert war, einordnen und sich auf das, was kommen würde, vorbereiten zu können.

Später am Nachmittag packte sie ihre Sachen zusammen. Ihr Flug ging kurz nach 20 Uhr. Sie trank zusammen mit Jenny Kaffee. Diese stellte keine Fragen, aber vermutlich ahnte sie, wie die Nacht verlaufen war, nachdem sie Tatjana und Fredo in der Bar zurückgelassen hatte. Gegen 18 Uhr machte sich Tatjana auf den Weg. Sie verabschiedete sich von Jenny, und die beiden versicherten einander, dass sie ab nun ihre Freundschaft besser pflegen würden. Tatjana wusste, dass das nicht passieren würde. Fredo sah sie nicht mehr, er war noch nicht aus seinem Zimmer gekommen. Im Bus zum Flughafen blickte Tatjana aus dem Fenster auf die vorbeiziehenden Straßen Berlins.

Nachtruhe (III)

Später konnte sich Robert nicht mehr daran erinnern, ab wann sie zu viert waren. Die Erinnerungen an die Nacht begannen sich einzutrüben, noch bevor diese vorbei war. Sie zogen von einer Bar in die nächste, gingen in Clubs und Kneipen. In einige Lokale stolperten sie nur kurz hinein und brachen sofort wieder auf, wenn ihnen Leute oder Musik oder sonst irgendetwas nicht passte. Tatjana, Hannes, Robert – und Vesna. Sie war eine Bekannte von Hannes. Robert hatte sie noch nie gesehen oder konnte sich zumindest nicht an sie erinnern. Alle waren guter Laune und schon etwas berauscht. Irgendwann, es war gegen fünf Uhr früh, begannen die meisten Bars und Lokale zuzusperren. Tatjana wollte unbedingt irgendwohin, wo noch getanzt wurde, doch der Rest der Gruppe ging nicht auf ihre Vorschläge ein. Hannes war schon ziemlich betrunken und bereits ein paar Mal fast eingenickt. Vesna wollte noch „gemütlich irgendwo was trinken", wie sie sagte.

Sie waren nicht weit von einem Café entfernt, das um diese Zeit erst aufsperrte. Tatjanas Einwänden und Gegenvorschlägen zum Trotz beschlossen sie, dort hinzugehen. In dem Café versammelten sich frühmorgens alle, die zuvor in den nun schließenden Lokalen unterwegs gewesen waren. Dementsprechend bunt war das Publikum. Sehr junge Leute kamen aus Bars mit Tanzflächen. Aufgetakelte Frauen und etwas besser angezogene Männer aus den Cocktaillounges fanden sich ein. Dazwischen Leute, die ein paar Stunden vorher noch auf einem Konzert Bier getrunken hatten. Andere, die sich hier von irgendwelchen Drogen erholten, die sie im Lauf der Nacht eingeschmissen hatten. Alle saßen friedlich herum und waren froh, noch ein Plätzchen gefunden zu haben.

Als die vier ankamen, waren noch ein paar Tische frei. Sie setzten sich, Tatjana ging zur Bar und holte Bier und Wodka. Hannes lallte beim Anblick der Getränke kaum Verständliches – er versuchte, seiner Freude über den Schnaps Ausdruck zu verleihen. Vesna lehnte diesen ab, weshalb Hannes einen weiteren bekam. Die drei kippten den Wodka und tranken Bier nach. Anschließend setzte die Runde ihre Gespräche fort. Sie unterhielten sich abwechselnd zu zweit oder zu viert miteinander. Es ging um alles und nichts, die Inhalte der Dialoge waren bereits wieder vergessen, noch bevor die Sätze zu Ende gesprochen waren. Außenstehende, insbesondere Nüchterne, hätten den Unterhaltungen nicht folgen können, die vier waren in ihrer eigenen Welt. Keine schwere Ernsthaftigkeit trübte die unwirkliche Situation, in der sie sich befanden, indem sie sich in ihrer Trunkenheit einigelten, während draußen auf den Straßen bereits ein neuer Tag begann. Die Bewohner der Stadt erwachten und tauchten nach und nach auf den Straßen auf. Die vier auf ihrer kleinen Wolke wussten für einige Stunden nichts von Zeit.

Irgendwann war Tatjana verschwunden. Kurz vorher hatte Robert noch gesehen, dass sie sich mit ein paar anderen Leuten unterhalten hatte, aber ob sie nun mit diesen weitergezogen war, nach Hause gegangen oder etwas anderes unternommen hatte, wusste er nicht. Hannes schlummerte Robert gegenüber auf der Bank, bis ein Kellner kam und ihn unsanft weckte. Es war nicht gern gesehen, dass Leute hier ihren Rausch ausschliefen. Ohne ein weiteres Wort zu sagen, trank Hannes sein Bier aus. Dann verabschiedete er sich mit undeutlich artikulierten Worten von den beiden anderen und stolperte hinaus in die Helligkeit. Vesna und Robert sahen einander an. Langsam kehrten sie von ihrer Rauschwolke in die Gegenwart zurück, und damit waren auch die stundenlangen ziel- und inhaltslosen Gespräche zu Ende. Sie schwiegen ein paar Minuten lang und nippten an ihren Getränken.

„Hör mal“, sagte Vesna plötzlich. „Wenn du willst, kannst du noch mit zu mir kommen.“

Robert blickte sie überrascht an.

„Unter einer Bedingung: kein Sex. Wir können ein bisschen kuscheln, aber mehr nicht.“

Das kam unerwartet. Sie waren einander sympathisch, das wussten beide seit einigen Stunden – nicht mehr und nicht weniger. Vesna grinste über Roberts erstaunten Gesichtsausdruck.

„Okay“, sagte der langsam.

Er musste sich erst auf diese plötzliche Wendung des Abends einstellen. Er hatte sich bereits darauf vorbereitet, in melancholisch-betrunkener Stimmung in sein Bett zu kriechen, einige Stunden später verkatert und trübsinnig aufzuwachen und den restlichen Tag in dieser Verfassung zu verbringen.

„Ja, gerne“, sagte er und blickte ihr in die Augen.

„Also wenn das für dich ok ist“, meinte Vesna, als ob sie Roberts Zustimmung überhört hätte.

„Ja klar“, bekräftigte dieser.

Sie lächelte.

Die Situation war für beide merkwürdig. Ganz unvermittelt hatten sie soeben per mündlichem Vertrag abgemacht, dass sie von einem netten, aber ohne knisternde Begleittöne abgelaufenen ausführlichen Kennenlernen in eine fast kindliche Intimsituation wechseln würden. Kein Knutschen, kein Anmachen, keine aufregende Unsicherheit. Sie würden ihr Bier austrinken und dabei versuchen, ihr belangloses Gespräch solange aufrecht zu erhalten. Anschließend würden sie zusammen nach Hause fahren und sich gemeinsam in ein Bett legen, um nicht alleine zu sein.

Während Robert darüber nachdachte, blickte er zur Eingangstür des Cafés, die gerade geöffnet wurde. Zwei Männer mittleren Alters betraten das Lokal. Robert kannte sie nicht, und doch blieb sein Blick auf den beiden haften. Irgendetwas war seltsam an ihnen. Während er überlegte, weshalb sie aus dem buntgemischten Publikum herausstachen, gingen die Männer zur Bar. Der eine versuchte, die Aufmerksamkeit des Barkeepers auf sich zu ziehen, der andere sah sich im Lokal um. Sein Blick traf sich mit dem Roberts. Die beiden starrten einander kurz an, dann wich der Fremde Roberts Blick aus. Robert sah ebenfalls weg. Nach ein paar Sekunden blickte er erneut in die Richtung. Der Mann hatte sich umgedreht und sah jetzt in die andere Richtung. Der zweite sprach gerade mit dem Kellner. Dann drehte er sich zu seinem Begleiter um und sagte etwas zu ihm. Dieser nickte, während sein Blick weiter durch das Lokal schweifte. Es sah so aus, als ob er jemanden suchte, vielleicht war er aber auch zum ersten Mal hier und machte sich ein Bild von der Örtlichkeit. Plötzlich wurde Robert klar, weshalb ihm die beiden auffielen: Sie waren zu gut gekleidet. Sie sahen aus wie Kellner aus einem Schwarz-Weiß-Film. Robert fragte sich, wo sie wohl herkamen und was sie nun in aller Früh ausgerechnet hierhergeführt hatte.

Ausgespielt

Als der Wecker läutete, war Martin Bräuner sofort hellwach. Ohne hinzusehen drückte er auf das Display seines Handys und beendete das Klingeln, das ihm mit jedem Tag schriller erschien. Es war jetzt 18:45, wahrscheinlich bereits fast 18:46. Martin schloss die Augen erneut und fragte sich, wie die Welt wohl aussehen würde, wenn niemals Wecker erfunden worden wären. Bevor er diesen Gedanken weiterspinnen konnte, merkte er, dass der Wecker ihn aus einem Traum gerissen hatte. Er fühlte eine bedrückende Stimmung, wusste aber nicht, was in dem Traum passiert war. Krampfhaft versuchte er sich zu erinnern, doch er konnte die Handlung nicht in sein Bewusstsein zurückholen. Der Handywecker begann erneut zu schrillen. Es war also 18:50. Martin musste raus. Um 21 Uhr begann sein Dienst.

Er stand auf und ging in die Küche zu seiner Espressomaschine. Es war eines dieser teuren semiprofessionellen Geräte, die vor ein paar Jahren in gewissen Kreisen so angesagt waren. Anderen Kaffee tranken manche Leute gar nicht mehr, seit es diese Maschinen auch für zuhause gab. Gut, ein oder zwei Tausender musste man schon hinlegen, aber dafür hatte man Kaffeehauskaffee, wann immer man wollte. Natürlich nur, wenn man zuhause war. Und wenn man woanders war, konnte man über den schlechten Kaffee die Nase rümpfen. Martin war nicht so jemand. Aber er trank gerne Kaffee und hatte es sich damals locker leisten können. Und so hatte er sich eines Tages eine knapp 2000 Euro teure Kaffeemaschine liefern lassen, die in seine ansonsten bescheiden eingerichtete kleine Wohnung nicht so recht hineinpassen wollte.

Jetzt stand er müde vor dem silbernen Ungetüm in seiner Küche und sehnte sich nach einer Tasse Filterkaffee. Während er an der Maschine hantierte, dachte er an seine Mutter, die jeden Morgen eine Kanne

Kaffee in einer billigen Maschine gekocht hatte. Und jeden Nachmittag hatte sie den Kaffee, der in der Früh übriggeblieben war, in einen Topf gegossen und diesen am Herd warm gemacht. Martin erinnerte sich genau an den säuerlichen Geschmack, den der aufgewärmte Kaffee hatte – vor allem dann, wenn er zu heiß geworden war. Unterdessen waren ein paar Tropfen dickflüssiger pechschwarzer Flüssigkeit in die Espressotasse getropft. Martin sah sich das Gebräu an und kippte Zucker hinein.

Während er den Kaffee trank, dachte Martin über seinen heutigen Job nach. Eigentlich war da nicht viel zu überlegen, es war Routine. Doch wenn er sich keine Gedanken machte, hatte er das schlechte Gefühl, sich nicht ordentlich vorzubereiten, seine Arbeit nicht mehr ernst zu nehmen. Er versuchte sich einzureden, dass ein Auftritt eine Herausforderung darstellte, mit der er sich auseinandersetzen musste. Gleichzeitig wusste er, dass er dasselbe Programm abspulen würde wie schon Hunderte Male zuvor. Er blätterte in einer Mappe mit Notenblättern und sortierte diese etwas um. So würde er wenigstens nicht genau das gleiche Programm spielen wie vergangene Nacht. Bemerkt hätte das allerdings ohnehin niemand.

Er öffnete den Kühlschrank und blickte hinein. Es war alles da, um schnell ein kleines Mahl zuzubereiten, doch Martin hatte auf nichts Lust. Schließlich nahm er Butter aus einem Fach und schnitt sich ein Stück Brot ab. Während der zweite Espresso in die Tasse tröpfelte, strich er Butter auf die Scheibe und streute etwas Salz und Pfeffer darauf. Er hatte kaum Hunger und konnte ohnehin später, während seiner ersten Pause, einen Snack zu sich nehmen.

Nachdem er sein abendliches Frühstück beendet hatte, stellte er sich unter die Dusche. Während das heiße Wasser über seinen Kopf lief, überlegte er, ob er sich krankmelden sollte. Noch während er Für und Wider abwog, wusste er, dass er es nicht machen würde. Er hatte sich in den vergangenen Monaten bereits zu oft abgemeldet, und das Dauerengagement in dieser Bar war sein wichtigster Job. Martin reckte sich und blickte über den Rand der Duschkabine auf die über dem Badezimmerspiegel hängende Uhr. Es war kurz vor halb acht, er konnte also noch etwas im rauschenden Wasser stehen bleiben. Immer noch spürte er die Stimmung des Traums, dessen Inhalt ihm der Wecker entrissen hatte. Es fühlte sich schwer und beängstigend an, doch so sehr Martin auch nachdachte, er erinnerte sich nicht an die Handlung.

In der Nacht zuvor hatte er bis vier Uhr früh in derselben Bar gespielt, in der er auch heute auftreten würde. Als er nach Hause gekommen war, war es fast sechs Uhr gewesen. Bis vor Kurzem hatte er nach solchen Nächten immer bis in den Nachmittag hinein geschlafen, doch seit einigen Monaten wachte er stets nach ein paar Stunden auf und konnte nicht mehr einschlafen. Übermüdet stand er dann auf, erledigte Einkäufe, las, ging spazieren. Am Nachmittag legte er sich dann wieder hin und fand meistens noch ein oder zwei Stunden leichten Schlafes. Dann ging es auch schon wieder von vorne los.

Martin drehte das Wasser ab und stieg aus der Dusche. Nachdem er im Bad fertig war, zog er sich an, nahm seine Tasche und verließ die Wohnung. In der Straßenbahn las er auf seinem Smartphone die neuesten Nachrichten. Er hatte das Gefühl, am Vortag dieselben Meldungen gelesen zu haben. Er steckte das Telefon in seine Sakkotasche und blickte aus dem Fenster.

Knapp eine Stunde später war Martin bereits inmitten seiner Arbeit. Die kleine Innenstadtbar, in der er an zwei oder drei Abenden pro Woche auftrat, war noch fast leer. Er spielte eigene Stücke und improvisierte über selbstkomponierte Phrasen. Die Hits und Standards, die Leute hören wollten, wenn sie in einer Pianobar tranken, würde er erst später liefern. Früher hatte er diese ersten anderthalb oder zwei Stunden, in denen er oft nur für den Barkeeper spielte, geliebt. Er konnte Neues ausprobieren, ein bisschen experimentieren, Stücke spielen, die er noch nicht perfekt konnte – ein paar kleine Fehler oder Unsicherheiten würden niemandem auffallen. Irgendwann hatte er dann bemerkt, dass er auch dann machen konnte, was er wollte, wenn eine Bar voll war. Es war eine schlagartige Erkenntnis während eines Auftritts in einem Hotel gewesen. Er hatte sein Standardprogramm runtergespielt, darunter viele Klassiker, die sonst immer gut ankamen. Doch an diesem Tag hatte in den kurzen Pausen zwischen den Stücken fast niemand applaudiert. Das war in Hotelbars natürlich nicht ungewöhnlich. Die meisten Gäste saßen hier, weil sie ein paar Abendstunden vertreiben mussten oder noch schnell einen Drink nehmen wollten, bevor sie sich zurückzogen, um am nächsten Morgen in aller Frühe abzureisen. In normale Bars kamen Leute, um entspannt zu trinken und ihm zuzuhören. In den Hotelbars war oft eine hektische Grundstimmung zu spüren. Und doch: je später der Abend, desto mehr ähnelten in der Regel auch Hotelbars richtigen Bars. Menschen tranken und vergaßen, dass sie am nächsten Tag Termine hatten. Laufkundschaft von der Straße, die wusste, dass es hier gute Drinks und Musik gab, mischte sich zu später Stunde unter die Hotelgäste.

Während Martin an jenem Abend im Hotel „As time goes by“ gespielt hatte, hatte er sich umgesehen. Das machte er meistens bei diesem Stück, denn es war so klischeehaft und gleichzeitig so beliebt, dass es fast immer Reaktionen im Publikum auslöste. Doch an jenem Abend war rein gar nichts passiert. Martin konnte keine Veränderung in den Gesprächen bemerken, keine Besserwisser, die ihren Freundinnen „Casablanca“-Zitate zuflüsterten, keine glänzenden Augen, die dankbar in seine Richtung blickten. Martin hatte einen kleinen Stich in seinen Eingeweiden gespürt, der von einem dumpfen Leeregefühl abgelöst worden war. Während er weiter die unzählige Male gespielten Noten in die Tasten gedrückt hatte, hatte er sich gefragt, was er hier zu suchen hatte. Seinem Spiel war das nicht anzumerken gewesen. Er hatte wie üblich ein oder zwei Minuten über den Grundtönen des Songs improvisiert und war anschließend zur Hauptmelodie zurückgekehrt. Normalerweise applaudierten an dieser Stelle einige Leute, um ihm und ihren Gesprächspartnern zu beweisen, dass sie den Übergang bemerkt und das Lied erneut erkannt hatten. Aber diesmal: nichts. Er hatte anschließend die bekannte Phrase noch zwei oder drei Mal wiederholt und dann den Song ausklingen lassen. Einige Leute hatten ein paar Mal in die Hände geklatscht, Applaus war aber keiner zustande gekommen. Martin war aufgestanden und an der Theke vorbeigeeilt. Der Barkeeper hatte ihn überrascht angeblickt, weil Martins Pause erst knapp eine halbe Stunde später hätte beginnen sollen. Martin war in den kleinen Raum neben dem noch kleineren Büro gegangen, der als Aufenthaltsraum für die Angestellten diente, hatte sich aus dem Kühlschrank eine Flasche Wasser geholt und mehrere große Schlucke genommen. Dann hatte er sich auf die Couch gesetzt, zurückgelehnt und die Augen geschlossen. Was hatte er hier zu suchen?

Seit damals quälte ihn diese Frage. Er begann, über sein bisheriges Leben und den Verlauf seiner Karriere nachzudenken. Er sinnierte über die Träume, die er hatte, als er zu studieren begonnen hatte, über die kleinen und großen Misserfolge, und wie er schließlich in ein Dasein als Barpianist hineingerutscht war. Lange Zeit war es ihm wie ein Traumjob vorgekommen. Die Bezahlung war nie besonders gut gewesen, aber das wurde für ihn durch so vieles aufgewogen. Er hatte zu Beginn das Gefühl gehabt, in eine neue, ihm völlig fremde Welt einzutauchen, er lernte Menschen kennen, die seit Jahrzehnten nur nachts arbeiteten und mit aller Welt befreundet zu sein schienen. Er saß in den Privaträumen legendärer Bars, wo er mit Prominenten trank und kokste. Er fühlte sich als Teil eines geheimen Zirkels, zu dem normale Nachtschwärmer keinen Zutritt hatten – ja von deren Existenz sie nicht einmal wussten. Er lernte schöne Frauen kennen, die es aufregend fanden, mit dem Pianisten zu flirten oder diesen gleich mit nach Hause zu nehmen. Nach einiger Zeit hatte er bemerkt, dass der Kontakt zu seinen früheren Freunden und Bekannten abnahm, doch er dachte, dass das normal sei. Leben bringt eben Veränderung mit sich. Als dann zwei Beziehungen schon in der Anfangsphase scheiterten, schob er die Schuld auf die Frauen. Diese hatten sich seinem Lebensrhythmus anzupassen. Er trank viel und spielte und vergaß jeden Anflug von Unsicherheit, wenn er spielte und trank. Das Leben erschien ihm als eine nicht endende Partynacht. An jenem Abend im Hotel, als er „As time goes by" spielte, war der Rausch verflogen.

Mittlerweile waren einige Menschen in die Bar gekommen. Martin hatte noch kaum aufgeblickt an diesem Abend, und wenn sein Blick durch den Raum schweifte, nahm er nichts wahr. Er versuchte, sich auf sein Spiel zu konzentrieren. Er glaubte, das Klavier nicht mehr zu beherrschen. Das befriedigende Gefühl, Melodien zu erschaffen und kleine flüchtige Kunstwerke in den Raum zu werfen, das sich früher im Laufe jedes Abends eingestellt hatte, war weg. Die simple Schönheit oft gehörter Lieder erklang ihm nur mehr als Kakophonie. Er konnte sich selbst nicht mehr zuhören. Seine Spiel stieß ihn ab. Er warf einen schnellen Blick auf die große Uhr, die auf der dem Flügel gegenüberliegenden Seite des Barraums an der Wand hing. Sie zeigte zehn Minuten vor 23 Uhr, dem Beginn seiner ersten Pause. Martin beendete ein Lied, vier oder fünf Gäste klatschten. Er hörte es kaum. Bis zur Pause wollte er noch ein bisschen improvisieren. Er schlug einen Akkord mit der linken Hand an und spielte ein paar Noten mit der rechten. Es klang furchtbar. Martin wusste, dass alles stimmte und in den Ohren seiner Zuhörer wohlklingende Harmonien ankamen. In seinem Kopf jedoch gerieten die Töne durcheinander und formten sich zu Missklängen, wie er sie noch nie gehört hatte. Er konnte nicht mehr weiterspielen. Er ließ die Akkordfolge ausklingen, warf noch einen Blick durch den Raum und stand dann auf. Niemand schien Notiz davon zu nehmen, dass er zu spielen aufgehört hatte.

Er ging an die Bar und setzte sich auf einen leeren Stuhl. Der Kellner kam, lächelte ihn an und fragte, ob alles in Ordnung sei. Martin sah ihn verwundert an.

„Du wirkst ein bisschen abwesend“, sagte der Kellner.

„Gib mir ein Bier“, sagte Martin, ohne auf die Frage seines Gegenüber einzugehen.

Andrej, der Kellner, wandte sich dem Zapfhahn zu. Martin starrte vor sich hin. Als Andrej ihm das Glas hinstellte, sah Martin auf.

„Sorry“, sagte er, „bin etwas durch den Wind.“

Andrej nickte verständnisvoll. Martin blickte auf seine Armbanduhr. Dann sah er wieder zu Andrej, der immer noch vor ihm stand, und sagte: „Ich geh jetzt.“

Andrej blickte ihn erstaunt an: „Es ist elf!“

„Ich weiß“, sagte Martin und wiederholte seinen Satz, als ob Andrej nachgefragt hätte: „Ich geh jetzt.“

Andrej lachte: „Du kannst jetzt nicht gehen!“

Martin starrte ihn an.

Dann sagte er: „Ich kann nicht mehr spielen.“

Andrej wusste nicht, ob Martin ihn auf den Arm nahm und blickte ihn fragend an.

„Ich hör mich nicht mehr, ich weiß nicht mehr, warum ich hier bin“, sagte Martin.

„Weil du Kohle dafür kriegst?“

„Ja eh.“

Nach einer kurzen Pause fragte Martin: „Hast du nicht auch oft das Gefühl, dass du hier weg musst?“

Andrej lächelte.

„Fast jeden Abend“, erwiderte er.

„Heute auch?“ fragte Martin.

„Klar.“

Andrej lachte.

„Entschuldigung“, rief jemand vom anderen Ende der Bar.

Andrej drehte sich um und ging nach einem kurzen Augenblick des Zögerns hin, um die Bestellung aufzunehmen.

Während Martin Andrej dabei beobachtete, wie er einen Cocktail mixte, erinnerte er sich plötzlich an den Traum vom Nachmittag. Er war in einem Flugzeug gesessen, das nicht starten durfte. Niemand wusste genau weshalb, doch Martins Traum-Ich war sich sicher, dass eine Bombe an Bord der Maschine war. Das beklemmende Gefühl, als Einziger über die Gefahr Bescheid zu wissen und sich trotzdem nicht in Sicherheit bringen zu können, hatte Martin vorhin gespürt, als er versucht hatte, sich an den Traum zu erinnern.

Als Andrej wieder zu ihm zurückkam, um das Gespräch fortzusetzen, fragte Martin: „Willst du auch Feierabend machen?“

Andrej lachte: „Na sicher.“

„Ok, dann behalt mal dein Telefon im Auge.“

Andrej sah ihn verwirrt an: „Was?“

Doch Martin war bereits aufgestanden und ging auf die Ausgangstür zu.

Etwa zehn Minuten später klingelte das Bar-Telefon. Andrej nahm ab. Am anderen Ende der Leitung hörte er eine aufgeregte Stimme, die auf jemand anderen einredete.

„Hallo?“, fragte Andrej ins Telefon.

„Hallo!“, sprach ihn nun der Anrufer an, „Andrej, bist du das?“

„Ja. Ah, Herr Czenorsky, grüß' Sie“, antwortete dieser, der nun die Stimme seines Chefs erkannt hatte.

„Andrej, du musst sofort die Leute rausbringen. Wir haben einen Bombenalarm.“

Andrej traute seinen Ohren nicht.

„Was?“, fragte er, obwohl er seinen Gesprächspartner deutlich gehört hatte.

„Bring die Leute raus, die Polizei ist gleich da, ich bin am Weg“, wies ihn sein Chef an, bevor er auch schon wieder auflegte.

Andrej machte sofort die Musik aus, die er angestellt hatte, als Martin zu spielen aufgehört hatte. Dann ging er auf die andere Seite der Bar, stellte sich auf die Fußstützen zweier Barhocker, legte die Hände wie einen Schalltrichter um seinen Mund und rief: „Entschuldigen Sie, meine Damen und Herren, ich bitte um Ihre Aufmerksamkeit!“

Als Andrej als Letzter aus der Bar trat, hatte sich auf der Straße bereits eine kleine Menschenmenge gebildet. Mittendrin stand Martin und blickte ihn an. Andrej konnte den Anflug eines Lächelns in Martins Gesicht sehen und ging auf ihn zu. Als er bei ihm angekommen war, schüttelte er kaum wahrnehmbar den Kopf. Bevor sie noch ein Wort wechseln konnten, hörten sie die aufgeregte Stimme des Barbesitzers, der fast gleichzeitig mit der Polizei ankam. Herr Czenorsky entschuldigte sich bei jenen Gästen, die noch vor der Bar warteten und bat sie, ein anderes Mal wiederzukommen. Für heute sei geschlossen. Die Polizisten nahmen Personalien auf und begannen damit, die Schaulustigen zu zerstreuen. Czenorsky wandte sich zu Martin und Andrej. Er fragte sie, ob ihnen irgendetwas aufgefallen sei, was beide verneinten. Dann bat er sie, noch etwas hierzubleiben, falls die Polizei noch Fragen habe. Ein paar Minuten später kam eine Spezialeinheit mit einem Bombenspürhund. Ein in Zivil gekleideter Beamter sprach kurz mit Czenorsky, der auf Martin und Andrej wies. Anschließend stellte der Polizist den beiden dieselbe Frage wie zuvor ihr Chef. Da sie offenbar über keine brauchbaren Informationen verfügten, durften sie schließlich gehen. Sie verabschiedeten sich von ihrem Chef, der ihnen zusicherte, sie sofort zu informieren, falls es Neuigkeiten gäbe. Dann verließen sie zusammen den Ort des Geschehens.

Nachdem sie sich ein Stück von ihrem Arbeitsplatz entfernt hatten, fragte Martin: „Lust auf ein Bier?"

Andrej lachte auf und nickte. Sie berieten sich kurz und einigten sich dann auf eine nahegelegene Bar. Nachdem sie ein paar Minuten schweigend nebeneinander gegangen waren, fragte Andrej: „Und wie machen wirs morgen Abend?"

Martin blickte ihn überrascht an.

Dann grinste er und antwortete: „Ich hätte da so ein paar Ideen."

Unterdessen waren sie bei dem Lokal angekommen.

„Schön", sagte Andrej und öffnete die Tür.

Es wurde eine lange Nacht für die beiden. Aus einem Feierabendbier wurde ein halbes Dutzend, sie wechselten mehrmals das Lokal und entfernten sich allmählich immer weiter aus der Innenstadt. Gegen halb fünf Uhr früh saßen sie in einer Bar, in der außer ihnen nur noch zwei Gäste waren. Die angeregten Gespräche, die sie während der vorangegangenen Stunden geführt hatten, versiegten allmählich. Andrej hatte bemerkt, dass der Barkeeper bereits mehrmals auf die Uhr gesehen hatte, und ihm wurde bewusst, wie spät es geworden war.

„Wir sollten heimgehen", sagte er zu Martin.

Der blickte ihn fragend an.

„Wieso? Jetzt ists schon wurscht."

„Ja, du hast recht", sagte Andrej, „aber ich glaub, ich komm nicht mehr so richtig in Schwung heute."

Martin nickte.

„Aber jetzt heimgehen wär auch schade", sagte er, „ein verschwendeter Rausch."

Andrej lachte.

„Naja, um fünf in der Früh ..."

„Auch da kann sich noch einiges tun", sagte Martin.

„Ok, aber wohin noch?", fragte Andrej.

Martin schüttelte den Kopf.

„Ich hab eine Idee", sagte Andrej nach einigen Augenblicken.

Er schlug Martin ein Lokal vor, das ganz sicher noch offen habe, wie er sagte. Dieser war sofort damit einverstanden. Sie zahlten, stolperten ins Freie und machten sich auf den Weg. Eine halbe Stunde später standen sie vor einem beleuchteten Café. Martin, dem auf dem Weg hierher ebenfalls klar geworden war, wie spät es schon war und wie betrunken er bereits war, war gar nicht mehr so begeistert davon, noch weiter zu trinken. Aber da sie nun schon mal da waren, mussten sie wohl hineingehen, dachte er. Er war noch nie hier gewesen und hatte ein ruhiges Lokal kurz vor der Sperrstunde erwartet. Als Andrej ihm die Tür geöffnet hatte und er eingetreten war, blickte er sich erstaunt um. Das Café war voll, laute Musik schallte durch den Raum, in dem alle betrunken zu sein schienen und sich laut unterhielten. Andrej ging direkt zur Bar und Martin folgte ihm. Neugierig sah er sich in dem Lokal um. Seine Blicke trafen sich mit einem etwa 35jährigen Mann, der die beiden Neuankömmlinge interessiert beobachtete. Da wurde Martin zum ersten Mal in dieser Nacht bewusst, dass sie mit ihrer Arbeitskleidung für die Innenstadtbar in dieser Umgebung viel zu gut angezogen waren. Es war ihm egal. Während er sich weiter umsah, hörte er, dass Andrej mit dem Mann hinter der Bar sprach. Martin hatte keine Ahnung, was Andrej bestellen würde. Hatte er ihn gefragt, was er wollte? Er konnte es nicht mit Sicherheit sagen, alle Abläufe der letzten Minuten verschwammen in seinem Bewusstsein. Da drehte sich Andrej zu ihm um.

„Gin-Tonic passt eh, oder?“, fragte er.

Martin nickte, ohne sich zu Andrej umzudrehen.

Nachtruhe (IV)

Am frühen Nachmittag wachte Robert auf. Seine erste Empfindung war Erstaunen darüber, dass er sofort wusste, wo er war. Er hatte nicht besonders tief geschlafen und fühlte sich noch etwas betrunken. Gerade weil die Situation, in der er sich befand, so unaufregend entstanden war, fühlte er eine Spannung. Er dachte, dass er nicht mehr einschlafen würde können und spürte außerdem bereits die ersten unangenehmen Anzeichen des beginnenden Katers.

Vesna lag neben ihm. Robert konnte ihr von ihm abgewandtes Gesicht nicht sehen, hörte aber ihr ruhiges Atmen. Er widerstand dem Drang, sich umzudrehen und doch noch einmal zu versuchen wieder einzuschlafen. Stattdessen sah er der neben ihm Schlafenden zu. Es war ganz still, von draußen drang kein Laut ins Zimmer. Die Fenster von Vesnas kleiner Wohnung gingen in einen Innenhof. Auch aus dem Haus waren keine Geräusche zu hören. Robert hielt den Atem an, um jenen von Vesna besser hören zu können und beobachtete sie. Ganz sachte bewegte sich die Decke, in die sie sich eingewickelt hatte. Robert hatte das Gefühl, er würde auf sie aufpassen, ihren Schlaf bewachen. Es fühlte sich gut an.

Nach einiger Zeit wurden Roberts Augenlider schwer und er döste langsam ein. Kurz bevor er ganz einschlief, wachte Vesna auf. Ihre Bewegungen weckten Robert sofort wieder auf. Sie drehte sich um und blickte ihn an.

„Hey", sagte Robert und lächelte.

Sie sah ihn an, als ob sie nicht wüsste, wer er war.

„Alles klar?", fragte er.

Sie schüttelte leicht den Kopf, als ob sie sich wachrütteln wollte, und blickte zur Seite. Dann drehte sie sich auf den Rücken und starrte an die Zimmerdecke. Nach etwa einer halben Minute schmolz ihr starrer Blick und sie begann zu lächeln.

„Ich hab grad ein bissl gebraucht“, sagte sie, „hab schnell die Erinnerungen an letzte Nacht zusammenkratzen müssen.“

Sie lagen eine Weile schweigend da. Vesna blickte immer noch an die Decke und war offenbar damit beschäftigt, die letzten zwölf Stunden in Gedanken zu rekonstruieren. Robert sah sie weiter an. Sie wirkte nachdenklich. Er wollte irgendetwas sagen, um die Stille zu durchbrechen, doch hatte er noch nicht verstanden, in welcher Verfassung Vesna war. Und er wollte keinen schnellen Rausschmiss riskieren, er wollte sich noch nicht mehr bewegen, als unbedingt notwendig war. Also verhielt er sich ruhig. Schließlich drehte sich Vesna zu ihm und lächelte ihn an.

„War schön, neben dir zu schlafen“, sagte sie.

Robert lächelte zurück und nickte.

„Danke, dass du nicht versucht hast irgendwas zu machen. Manche Typen fangen dann an, sich an einem zu reiben, wenn sonst nichts geht.“

Robert lachte. Sie streckte sich und setzte sich auf, sie schien jetzt endgültig wach zu sein.

„Magst einen Kaffee?“, fragte sie.

Er nickte: „Gern.“

Sie stand auf und ging in die Küche. Robert setzte sich auf und blickte sich im Zimmer um. Es war recht gemütlich hier. Neben dem Bett stand ein Bücherregal, auf dem vor allem solche Romane standen, die irgendwann während der vergangenen Jahre einmal angesagt gewesen waren. Er hatte nichts davon gelesen. Auf der dem Bett gegenüberliegenden Wand stand eine Kommode, obendrauf eine Stereoanlage, neben dieser ein Stapel CDs. Vesna kam aus der Küche und machte sich an der Anlage zu schaffen. Sie stöpselte ein Kabel in einen MP3-Player und drückte auf diesem herum, bis sie fand, was sie gesucht hatte.

„Ich muss jetzt meine Kummerkater-Playlist hören, ich hoff, das stört dich nicht“, sagte sie.

„Ganz und gar nicht“, erwiderte Robert mit einem kurzen Lacher.

Nick Cave eröffnete den Melancholiereigen. Vesna ging wieder hinaus. Kein schlechter Katersong, dachte Robert, während er der ersten Strophe von „Do you love me?“ lauschte. Nach ein paar Minuten kam Vesna mit einem Tablett zurück, auf dem eine Mokka-Kanne, zwei Tassen, Zucker und ein Kännchen mit Milch standen. Daneben lag ein Löffel.

„Sorry, ich hab nur mehr einen sauberen Löffel“, sagte sie entschuldigend.

„Ich brauch eh keinen“, erwiderte Robert, während er etwas zur Seite rückte, um Platz für das Tablett zu machen.

Vesna setzte sich neben Robert auf die Matratze und schenkte Kaffee in die Tassen.

„Kater und Kummer?“, fragte Robert.

Sie antwortete nicht sofort. Robert schüttete ein bisschen Milch in seine Tasse und nahm einen Schluck. Vesna gab einen Löffel Zucker und etwas Milch in ihren Kaffee und rührte eine Weile in ihrer Tasse herum.

„Kater nicht wirklich“, sagte sie schließlich, „ich hab viel weniger getrunken als ihr alle.“

Robert wartete kurz, bevor er nachfragte.

„Aber dafür Kummer?“

„Naja, ich werd immer ein bisschen melancholisch nach solchen Nächten“, antwortete sie ausweichend.

Aus der Stereoanlage schmetterte nun ein anderer Sänger seinen Lebensschmerz in die Welt. Robert kannte das Lied nicht.

„Hast du Liebeskummer?“ fragte Robert jetzt direkt.

Vesna blickte ihn wieder nachdenklich an.

„Naja“, sagte sie schließlich, „ich glaub, so kann man das nicht mehr nennen. Hab halt eine schwere Trennung hinter mir.“

„Ah ok“, sagte er, „ja das kenn ich.“

„Bei mir ist es erst zwei Monate her“, sagte Vesna, „und es fühlt sich immer noch ziemlich beschissen an. Manchmal halt ich es halt nicht allein aus, deshalb hab ich dich mitgenommen.“

Sie sah Robert etwas schuldbewusst an.

„Ich hoff, das war nicht zu egoistisch“, sagte sie.

Er grinste.

„Nein, nein, voll ok. Manchmal kann man einfach nicht allein schlafen.“

Sie lächelte. Dann schwiegen sie ein paar Minuten. Robert dachte über sein holpriges Liebesleben nach und Vesna über ihres.

„Er war einfach von einem Tag auf den anderen weg“, begann Vesna plötzlich zu erzählen, „und seither frag ich mich, was ich falsch gemacht habe, obwohl ich weiß, dass ich nichts falsch gemacht habe. Ich vermisse ihn und will ihn gleichzeitig nicht mehr sehen.“

„Manchmal könnte man an den Überraschungen verzweifeln, die das Leben so bietet“, sagte Robert unbeholfen.

„Er meinte, er muss jetzt sein Leben durchziehen, und dass da kein Platz mehr für mich ist.“

„So ziemlich dasselbe hab ich auch gehört“, sagte Robert und seufzte.

Doch Vesna nahm seine Antwort nicht wahr. Sie starrte an die Decke.

Dann sagte sie: „Weißt du, das Schlimme ist, dass er mich noch mag und auch vermisst. Und trotzdem will er es durchziehen und meint auch, dass er darauf irgendwie stolz ist.“

Er erwiderte nichts. Er merkte, dass sie etwas loswerden musste und wenig Wert auf seine Kommentare legte.

„Er wollte immer etwas anderes und hat es nirgends gefunden – nicht durch Jobwechsel, nicht durch Stadtwechsel. Und irgendwann dachte er dann, die Ursache für seine Unzufriedenheit muss in unserer Beziehung liegen.“

Sie wirkte jetzt sehr traurig. Robert war erstaunt über das Vertrauen und ihre Offenheit ihm gegenüber.

„Manchmal denke ich, dass es mir lieber wäre, wenn er jetzt seine große Liebe gefunden hätte, das könnte ich irgendwie nachvollziehen.“

Robert wurde klar, dass es nicht an seiner Person lag oder einem spontanen Vertrauen ihm gegenüber. Er war zufällig da und hörte ihr zu. Und sie musste reden. Also hörte er weiter zu.

„In den Monaten, nachdem er gegangen ist, hat er immer wieder angedeutet, dass es vielleicht doch wieder was mit uns werden könnte“, erzählte Vesna, „und jedes Mal, wenn ich mich dann darauf eingestellt hatte, das noch einmal zuzulassen, hat er wieder einen Rückzieher gemacht.“

Sie machte eine Pause.

Beide schwiegen.

Robert war sich nicht ganz sicher, ob sie noch mehr erzählen wollte.

Plötzlich lachte sie. Dann schüttelte sie den Kopf, als wollte sie das eben Gesagte wegwischen.

„Naja egal ...“, meinte sie dann, sah ihn an und wechselte das Thema: „Was machst du heut noch?“

Robert hatte gehofft, noch ein bisschen hier bleiben zu können. Allerdings hatte er das deutliche Gefühl, dass nun sowohl die letzte

Nacht, als auch das Aufwachen und Kaffeetrinken zu Ende waren. Sie wollte ihn loswerden.

„Nicht, dass ich dich loswerden will", sagte Vesna und lächelte.

„Ich sollte eh gehen", sagte er, „wollte noch ein paar Dinge erledigen."

Während er seine Sachen zusammensuchte, sprachen sie nicht mehr viel. Sie umarmten einander zur Verabschiedung und trennten sich mit der vagen Zusicherung, dass sie einander wohl bald mal wieder irgendwo über den Weg laufen würden.

Der Nachmittag neigte sich bereits dem Ende zu. Robert fuhr nach Hause und legte sich schlafen.

Als er aufwachte, war es schon wieder dunkel. Er nahm sein Handy, um zu sehen, was es Neues gab. Tatjana und Hannes hatten jeweils einige Nachrichten geschickt, aus denen sich ihre Erlebnisse der vergangenen Nacht rekonstruieren ließen. Hannes war in der U-Bahn eingeschlafen, mutmaßlich bis zur Endstation gefahren und am Rückweg nach der Station aufgewacht, bei welcher er zuvor eingestiegen war. Irgendwann hatte er es dann aber geschafft, nach Hause zu kommen. Tatjana war offenbar kurz weg gewesen, dann ins Café zurückgekommen, hatte Vesna und Robert sitzen gesehen und bei diesem Anblick beschlossen, allein weiterzuziehen. Robert schrieb ihr zurück und fragte, was noch passiert sei. Gleich darauf piepste auch schon sein Handy. Die Nachricht war jedoch nicht von Tatjana, sondern von Hannes. Er fragte, ob sie sich zum Biertrinken treffen wollten. Robert zögerte kurz, doch dann merkte er, dass er sich eigentlich recht ausgeruht fühlte und auch Lust verspürte, seine Erlebnisse der vergangenen Nacht zu besprechen. Eine dreiviertel Stunde später saßen sie wieder an derselben Theke, in der sie sich etwa 24 Stunden zuvor getroffen hatten.

Nachtruhe (V)

„Weißt du“, sagte Hannes, nachdem der Barkeeper den beiden das erste Bier vor die Nase gestellt hatte, „eigentlich wollte ich ja gar nicht mehr ausgehen. Als ich aufgewacht bin und gesehen hab, dass es schon fast zwei am Nachmittag ist, war ich kurz erleichtert. Und dann ist mir eingefallen, dass erst Samstag ist.“

Robert blickte ihn fragend an.

„Naja, Samstagabend allein daheim sitzen halt ich nicht aus“, erklärte er.

„Ach so“, sagte Robert.

Und nachdem er kurz über das nachgedacht hatte, was Hannes soeben gesagt hatte, meinte er: „Aber du bist doch arbeitslos.“

Nun blickte Hannes Robert fragend an.

„Naja, ist zwischen einem Sonntag und einem Dienstag für dich so ein großer Unterschied?“

„Naja schon“, sagte Hannes.

Im selben Moment fiel Robert ein, dass Hannes ihm erst vor kurzem seine tägliche Routine genau erläutert hatte – inklusive der Highlights des Arbeitslosenlebens wie Besuche am Arbeitsamt. Robert erinnerte sich auch, dass er damals nicht genau gewusst hatte, ob Hannes das alles ganz ernst meinte oder ob er sich über seine eigene Situation lustig machte oder dies zumindest versuchte. Schließlich war es Robert so vorgekommen, als ob Hannes sich die penible Ordnung seines Alltags nur einredete, um nicht durchzudrehen. Er hatte sich damals zum ersten Mal Sorgen um Hannes gemacht, doch da er während ihres darauffolgenden Treffens wieder ganz normal wirkte und auch längere Zeit nicht mehr über seine Situation sprach, hatte Robert diese Schilderung beinahe wieder vergessen gehabt.

Die beiden blieben nicht lange in der Bar. Robert erzählte Hannes von der Sache mit Vesna. Dieser hörte zu, wirkte aber abwesend. Das passierte häufig, wenn Robert versuchte, mit Hannes über solche Dinge zu reden. Er hatte dann jedes Mal das Gefühl, dass Hannes das nicht interessierte oder er zu sehr mit anderen Dingen beschäftigt war, um zuzuhören – egal ob Robert nun etwas Interessantes oder Langweiliges, etwas Schönes oder Unerfreuliches erzählte. Bei seiner Geschichte der vorangegangenen Nacht war es zudem nicht einmal ganz eindeutig, ob diese nun schön oder traurig war.

Sie tranken noch ein Bier und beschlossen dann, dass es für dieses Wochenende genug war. Als sie sich voneinander verabschiedeten, sagte Hannes dann jedoch, dass er noch irgendwo anders hingehen werde, anstatt nach Hause zu fahren. Robert nickte. Hannes schien nicht damit gerechnet zu haben, dass Robert noch mitkommen würde.

Robert war müde, hatte keine Lust, bis zur nächsten U-Bahnstation zu gehen, um dann noch zehn oder fünfzehn Minuten auf die U-Bahn warten zu müssen und hielt deshalb ein Taxi an, das gerade vorbeikam. Nachdem er eingestiegen war und dem Fahrer seine Adresse gesagt hatte, nahm er sein Handy aus der Tasche und blickte auf das Display. Er merkte plötzlich, dass er unbewusst bereits den ganzen Abend auf eine Nachricht von Vesna gewartet hatte. Er überlegte kurz, dann öffnete er das SMS-Programm und schrieb ihr: „Hey, wie gehts? ausgeruht von der langen nacht? lg".

Er steckte das Telefon wieder ein und blickte aus dem Fenster.

„Warme Nacht", sagte der Taxifahrer.

So warm war es nun auch wieder nicht draußen, und auf Smalltalk hatte Robert auch nicht wirklich Lust.

„Ja, schöne Nacht“, antwortete er.

Nach einer kurzen Pause fragte er: „Musst du die ganze Nacht fahren?“

Noch während Robert die Frage aussprach, überlegte er, wie oft der Fahrer diese an einem Abend beantworten musste.

„Ja, hab grad erst angefangen“, antwortete dieser, „bis sechs Uhr gehts.“

Robert nickte vor sich hin.

Dann sagte er: „Ich hab mal als Paketfahrer gearbeitet.“

Der Taxler lächelte in den Rückspiegel.

„War eigentlich recht cool“, sagte Robert.

„Ein Paket ist wenigstens nicht besoffen“, sagte der Fahrer lachend.

Roberts Handy brummte. Er vermutete, dass Vesna geantwortet hatte und wollte am liebsten sofort nachsehen. Stattdessen sagte er: „Ja, das stimmt. Samstagabend. Ist das oft ungut?“

„Naja, man sieht schon einiges. Aber die meisten Gäste sind nett“, erklärte er.

Der letzte Satz klang weniger aufrichtig als der vorige.

„Ich hab damals beim Paketfahren so richtig Autofahren gelernt“, erzählte Robert. „Die Autos haben der Firma gehört, waren Vollkasko versichert, und wir haben sie getreten wie verrückt.“

Der Taxifahrer lachte.

„Nur Strafzettel haben wir selber bezahlen müssen.“

„Ja, das müssen wir auch“, sagte der Fahrer.

Roberts Handy brummte wieder. Er steckte seine Hand in die Tasche seiner Jacke und befühlte das Telefon, als ob er auf diese Weise näher am Inhalt der eben empfangenen Nachricht oder sogar an deren Absenderin wäre.

„Aber bald gibts eh nur mehr selbstfahrende Autos“, sagte der Fahrer und lachte.

Robert starrte aus dem Fenster, ohne etwas zu hören oder zu sehen.

„Da bei der Kreuzung?", fragte der Fahrer plötzlich.

Robert hatte gar nicht bemerkt, dass sie schon gegenüber dem Haus angekommen waren, in dem er wohnte.

„Ja, passt da, danke", sagte er.

Das Taxi hielt, der Fahrer drehte das Licht im Inneren des Autos an und Robert bezahlte die Fahrt. Nachdem er ausgestiegen war, nahm er sofort sein Handy aus der Tasche und blickte aufs Display. Die Nachrichten waren von Tatjana. „Max is a bissl angfressn", lautete die erste, „Ich war noch nicht zu viel zu gebrauchen heut, als sie heimgekommen sind ..." die zweite.

Totschlagen (I)

Am Montag wachte Hannes gegen neun Uhr auf. Er blieb noch eine Weile liegen und überlegte sich einen Plan für den Tag. Tatsächlich brauchte er keinen Plan, da die Woche genauso beginnen würde wie Dutzende Wochen während der vergangenen drei Jahre. Doch er wollte noch nicht sofort aufstehen, und außerdem wollte er sich selbst das Gefühl geben, den Tag zu planen. Er wollte sich das Gefühl geben, überhaupt einen Plan zu haben. Er fühlte sich elend, so wie an jedem Montag. Die meisten seiner Bekannten gingen nun wieder ihren Tätigkeiten nach, die Ausnahmesituation Wochenende war vorbei. Nur am Wochenende fühlte er sich den anderen ebenbürtig, an den anderen Tagen fand das Leben außerhalb seiner Wohnung statt, und er durfte nicht mitmachen. Sie ließen ihn nicht mitmachen und schickten ihm stattdessen als Antworten auf seine Bewerbungen dürre Begründungen dafür, dass er nicht mitmachen durfte. Weil da immer jemand anderer war, der irgendetwas besser konnte als er. Oder sie antworteten ihm nicht einmal auf seine unter höchsten Anstrengungen verfassten Gesuche, mitmachen zu dürfen. Mindestens einmal pro Woche müsse er sich bewerben. So stand es in Hannes' „Vereinbarung" mit dem Arbeitsamt. *Seltsam,* hatte er gedacht, als er das Dokument zum ersten Mal durchgelesen hatte, *ich habe mit niemanden etwas vereinbart.*

Einmal pro Woche – das klang nach wenig Aufwand. Wenn Hannes dies anderen erzählte, lächelten sie. Einmal pro Woche. Sie schienen nicht zu wissen, dass es da draußen keine Jobs gab, um die man sich einmal pro Woche bewerben konnte. Außerdem wussten sie nicht, dass eine Bewerbung pro Woche auch bedeutete, einmal pro Woche ein Mail zu bekommen, in dem stand, dass man unnütz war. Und sie hatten keine Ahnung davon, wie sehr sich Hannes mittlerweile anstrengen musste, nach einer weiteren Bescheinigung darüber, dass er unnötig war, wieder darum anzusuchen, dass er mitmachen dürfe.

Das Merkwürdige war, dass Hannes trotz der ständigen Fehlschläge nach wie vor jedes Mal ein gutes Gefühl hatte, wenn er mal wieder seinen Lebenslauf samt verlogenem Motivationsschreiben abgeschickt hatte. Das Gefühl, etwas getan zu haben, um sich aus seinem Arbeitslosenelend zu erlösen. Er wusste, dass er überhaupt nichts tun konnte, um seine Lage zu verändern, dass dies schlicht nicht in seiner Macht stand. Er sah sich den gnadenlosen Mechanismen eines Arbeitsmarktes ausgeliefert, auf dem ihn niemand brauchte. Auf den Motivationsplakaten und in den Durchhaltebroschüren des Arbeitsamtes las er freilich anderes. Diese versuchten, ihm das Gefühl zu vermitteln, dass ihm nichts Besseres passieren hätte können, als seinen Job zu verlieren. Denn nun endlich könne er ... habe er die Chance ... werde er ...

Er lag im Bett und merkte, wie eine Welle aus Verzweiflung und Selbstmitleid über ihm zu brechen drohte. Aber das wollte er nicht zulassen. Noch nicht. Am Mittwoch oder Donnerstag durfte das passieren, dann waren auch der Freitag und der Samstag nicht mehr weit, an denen er wieder Teil der Welt der anderen war. Mittlerweile hatte Hannes bereits so viel Routine im Umgang mit seiner Lebenssituation, dass er das aufkommende Elendsgefühl zurückdrängen und sich zumindest für ein paar Stunden oder Tage einreden konnte, dass alles nicht so schlimm sei. Gleichzeitig hatte er das Gefühl, immer tiefer in einen Zustand zu fallen, aus dem er nicht mehr zu entrinnen vermochte. Er fühlte sich wie in einer spiegelglatten Spirale gefangen, auf der er sachte, fast unmerklich nach unten rutschte, wo Depression und Ausweglosigkeit auf ihn warteten. Er versuchte unter Anstrengung all seiner Kräfte nach oben zu kriechen, doch er kam nicht vorwärts.

Das Schlimmste war, dass es niemand verstand. Wenn seine Freunde ihre Witze darüber machten, dass sie mit ihren Sozialversicherungsbeiträgen sein Einkommen finanzierten, lachte er mit. Wenn sie darüber jammerten, dass sie am nächsten Tag früh aufstehen müssten, während er ja ausschlafen könne, nickte er und grinste. Und wenn sie ihn an schönen Sommertagen fragten, ob er den ganzen Tag im Freibad verbracht habe, dann nickte er ebenfalls. Tatsächlich war er den ganzen Tag zuhause vor seinem Computer gesessen und hatte versucht, seine Situation zu verändern. Er wollte in der Früh aufstehen und seine Beiträge zur Sozialversicherung abliefern. Er wollte, wenn er baden ging, das Gefühl haben, sich das auch verdient zu haben, weil er ja brav gearbeitet hatte. Er wollte etwas tun, was nützlich war und von denen bewundert wurde, die ihn um seine tägliche Freizeit beneideten, ohne zu wissen, dass diese Freizeit sein Gefängnis war.

Er stand auf, ging ins Bad, machte, was man dort so macht. Anschließend kochte er Tee und warf einen Blick in den Kühlschrank. Ein kleines Frühstück ließ sich mit dem Vorhandenen gerade noch zubereiten, danach musste er dringend einkaufen gehen. Er setzte sich an den Computer, stellte die Teetasse inmitten des Zettelchaos auf seinen Schreibtisch. Den Teller mit einem Marmeladenbrot balancierte er auf einen Stapel mit geöffneten Kuverts, Notizzetteln, Werbeprospekten, Zeitungen. Auch darin, nichts wegzuräumen, sondern nur zu stapeln, hatte er bereits einige Routine. Während der Computer hochfuhr, nippte er an seinem Kräutertee. Er fühlte sich schlapp, das Wochenende machte sich noch bemerkbar. Das Gute daran war, dass auch der Nebel im Kopf sich noch nicht vollständig gelichtet hatte. Das Gefühl der Gleichgültigkeit, das ein Kater mit sich bringt, war noch nicht ganz verschwunden und half Hannes bei seinem Wochenbeginn. Er loggte sich in sein Mailprogramm ein. Außer ein paar Spam- und Werbemails nichts Neues. Anschließend klickte er sich durch ein paar Nachrichtenseiten. Auch nichts Neues. Während er ein paar Artikel las, aß er das Brot und trank an seinem Tee. Dann Facebook. Hannes scrollte herum, klickte auf ein paar Links, die ihn eigentlich nicht interessierten, und trank den Tee aus. Danach ging er in sein Kücheneck und machte Kaffee. Während der Kaffee in die Kanne rann, wusch er einen Teil des Geschirrs ab, das sich im Laufe des Wochenendes angesammelt hatte. Als der Kaffee fertig war, goss er sich eine Tasse voll, leerte etwas Milch dazu und kehrte an seinen Schreibtisch zurück. Nun begann seine eigentliche Arbeit: Er suchte nach Arbeit. Er durchforstete die Jobbörsen und Karriereseiten, und der Montagsfrust besiegte allmählich den Katernebel.

Tagwerk (I)

Am Montag erschien Robert besonders pünktlich zur Arbeit und ging direkt zum Büro seines Chefs. Dieser saß bereits hinter seinem Schreibtisch und wirkte sehr beschäftigt. Robert klopfte an die offenstehende Tür, um seinen Chef auf sich aufmerksam zu machen. Als dieser aufblickte, setzte Robert einen Blick auf, der gleichzeitig Schuldbewusstsein und Selbstironie ausdrücken sollte. Sein Chef lehnte sich in seinem Schreibtischsessel zurück und blickte ihn an. Er schien bereits auf eine Erklärung zu warten. Robert hob die Schultern und schüttelte den Kopf.

„Ich weiß nicht ...", begann er seine Entschuldigungsrede. „Ich habs echt erst am Freitagabend gemerkt, dass was nicht stimmt."

Robert hatte ein relativ entspanntes Verhältnis zu seinem Chef. Während der vergangenen Jahre war es ihm stets gelungen, den Eindruck zu vermitteln, dass er zwar kein Schleimer war, aber durchaus loyal. Er behielt seine Abscheu dem Job gegenüber für sich, machte Dienst nach Vorschrift – oder manchmal auch gegen Vorschrift –, versuchte aber dennoch, den Anschein eines fleißigen Angestellten zu wahren. Bisher war er damit recht gut gefahren. In den letzten Monaten hatte Robert versucht, sein Repertoire an arbeitsvermeidenden Verhaltensformen auszubauen und Neues ausprobiert. So hatte er sich etwa angewöhnt, die Mittagspausen zu verlängern. Das war recht einfach. Vorgesehen war eine halbe Stunde, die sich jeder nach eigenem Gutdünken einteilen konnte. Zwischen 11:30 und 13:30 sollte die Pause stattfinden. Irgendwann hatte Robert bemerkt, dass seine Kollegen die Zeit exakt einhielten, und er hatte sich die Frage gestellt, warum sie dies eigentlich taten. Am nächsten Tag verlängerte er seine Pause um zehn Minuten. Niemand nahm daran Anstoß. Dann versuchte er es mit fünfzehn Minuten zusätzlicher Pausenzeit. Auch das klappte, und seither gönnte er sich zumindest ein- oder zweimal pro Woche eine um die Hälfte der vorgesehenen Zeit verlängerte Mittagspause. Ein paar Mal hatte er auch schon zwei Mittagspausen gemacht: die erste um 11:30, und dann noch eine um 13 Uhr. Auch das schien niemand bemerkt zu haben.

Als Robert jetzt vor seinem Chef stand, wussten sie vermutlich beide nicht so recht, woran sie waren. Robert hatte keine Ahnung, ob sein Chef ihn durchschaut und längst begriffen hatte, dass sich hinter der Maske des unauffälligen Mitarbeiters jeder Gedanke darum drehte, Schlupflöcher ausfindig zu machen, die es ihm erlaubten, etwas weniger von seiner Arbeitskraft zur Verfügung zu stellen, ohne dass dies auffiel.

Der Chef seufzte.

„Ok, hören Sie mal“, sagte er, „ich habe jetzt keine Zeit für so einen Unsinn.“

Er wirkte durchaus verärgert.

„Wir haben am Freitag einen großen Auftrag reingekriegt. Ich gehe davon aus, dass Sie heute Gas geben, es ist einiges liegengeblieben.“

Robert blickte ihm direkt in die Augen und nickte.

„Also an die Arbeit, und über Ihre Kalenderprobleme unterhalten wir uns ein anderes Mal.“

„Alles klar“, sagte Robert und wandte sich um.

In dem Moment wurde ihm klar, dass er insgeheim darauf gehofft hatte, heute gefeuert zu werden. Aber sein Chef war offenbar noch nicht so weit.

Robert war gespannt auf den „großen Auftrag“. Da sein Chef sehr unzureichende Vorstellungen darüber hatte, wie lange seine Angestellten zur Erledigung ihrer jeweiligen Aufgaben brauchten, konnte er auch nicht einschätzen, ob ein Job umfangreich oder schnell erledigt war.

Robert ging zu seinem Büro. Der Kollege, mit dem er das kleine Zimmer teilte, war heute nicht da. Er ließ sich in seinen Sessel fallen, atmete tief ein und aus und blickte an die Decke. Dann schaltete er seinen Computer ein und starrte während des Hochfahrens auf den Bildschirm. Plötzlich klopfte es an der Bürotür.

Robert sah auf und rief: „Ja?"

Die Tür ging auf und Harald steckte seinen Kopf herein.

Er grinste und fragte: „Hast du kurz Zeit?"

Robert lächelte ihn freundlich an: „Viel ist noch nicht passiert."

Harald grinste weiter.

„Gute Nummer", sagte er.

Robert blickte ihn fragend an: „Was meinst du?"

„Ach komm. Wegen Freitag halt", sagte Harald, „du kannst mir nicht erzählen, dass das nicht Absicht war."

Robert blickte ihn ein paar Sekunden lang an.

„Naja", begann er vorsichtig, „etwas verwirrt bin ich schon manchmal."

Harald lachte.

„Naja egal. Ich bin aber eh wegen was anderem da. Ich soll dir was abnehmen."

Er deutete mit seinem Kopf zum Schreibtisch von Roberts Zimmerkollegen. „Weil der Charly ja die nächsten Tage nicht da ist."

Robert nickte.

„Ah, ok", sagte er, „ich hab mir das noch gar nicht angeschaut."

Er blickte auf den Bildschirm und klickte auf das Mailprogramm.

„Ich mach mich mal schlau. Kommst du dann rüber, oder wie machen wirs?"

Harald nickte, sagte „Ok, dann bis gleich", und ging aus dem Zimmer.

Robert und Charly waren die Lektoren in dem Betrieb. Sie korrigierten die Folder und Broschüren, die das Unternehmen herstellte. Es handelte sich um Inhalte, die Robert durchwegs langweilten: technische Anleitungen, Produktbroschüren oder Firmenzeitungen. Er und Charly waren ein gut eingespieltes Team, nahmen sich gegenseitig Arbeit ab, sodass es nie zu viel wurde oder einer nichts zu tun hatte. Vor allem aber achteten sie penibel darauf, niemandem im Betrieb allzu viel Einblick in ihre Arbeitsweise zu gewähren. Robert arbeitete Vollzeit, Charly nur 25 Stunden, und sie schafften es ganz gut, diese Zeit so zu gestalten, dass sich keiner von beiden die Seele aus dem Leib arbeiten musste. Bisher war auch noch nie die Idee aufgetaucht, dass sie Unterstützung brauchen könnten, wenn einer nicht anwesend war. War der Auftrag tatsächlich so groß? Oder versuchte der Chef, unauffällig etwas mehr Einblick in die Abteilung zu bekommen? War das nicht abzulehnende Hilfsangebot ein Signal an Robert, dass er nicht unersetzbar sei? Wenn er nicht auftaucht und ordentlich arbeitet, so las Robert die Botschaft, dann macht halt wer anderer seine Arbeit – und irgendwann bräuchte er dann gar nicht mehr zu kommen. Über Haralds Rolle in dieser Sache war er sich noch nicht im Klaren. Dieser war erst seit ein paar Monaten in dem Unternehmen, hatte in alle Abteilungen ein bisschen reingeschnuppert und war nun ein Faktotum, das überall eingeteilt wurde, wo grad viel zu tun war. Robert kannte ihn nicht besonders gut, hatte bisher nur ein paar Mal mit ihm gesprochen und deshalb zurückhaltend auf seine kumpelhafte und mitwisserische Begrüßung reagiert.

Harald kam herein. Robert blickte auf, nickte ihm zu, und Harald setzte sich an den ihm gegenüberstehenden Schreibtisch. Robert hatte unterdessen einen Blick auf den Auftrag geworfen, von dem der Chef gesprochen hatte, und bei dem ihn Harald unterstützen sollte. Es war in der Tat ein relativ umfangreiches Textkonvolut für eine Promotionzeitschrift. Bis Donnerstag mussten sie fertig sein. Sie besprachen den Job, teilten die Arbeit auf und begannen sofort mit dieser.

Nachdem Robert etwa 20 Minuten gearbeitet hatte, brummte sein Handy, das neben der Tastatur am Schreibtisch lag. Er blickte aufs Display. Vesna hatte geschrieben. Robert überlegte kurz, ob er die Nachricht gleich lesen oder sie sich noch etwas aufheben sollte. Gestern hatte er den ganzen Tag über auf eine Antwort gewartet und immer wieder darüber nachgedacht, ob er ihr nochmal schreiben sollte. Letztlich hatte er es aber nicht getan, da er gedacht hatte, sie wolle nicht mit ihm kommunizieren.

Er blickte wieder auf den Bildschirm und versuchte weiterzuarbeiten. Nach einer halben Minute lehnte er sich in seinem Sessel zurück, nahm das Handy und öffnete die Nachricht.

„Hi, sorry für die späte Antwort. hab eigentlich nur geschlafen das restliche WE. Bis bald mal!“

Robert las die Nachricht zweimal, dann legte er das Telefon wieder auf den Schreibtisch und blickte auf den Bildschirm. Er interpretierte die Nachricht als höfliche Mitteilung, die ihm sagen sollte, dass er nicht mehr zurückschreiben solle. Es sei denn, Vesna war einer jener Menschen, die immer einen falschen Eindruck vermitteln. Robert beschloss, erst mal abzuwarten, ob sie sich wieder melden würde.

Er arbeitete ein paar Minuten weiter, dann stand er auf.

„Ich brauch mal einen Kaffee“, sagte er zu Harald, „soll ich dir einen mitnehmen?“

Harald stand ebenfalls auf.

„Ich komm lieber mit, ich bin da ein bissl heikel."

Sie gingen in die kleine Küche und ließen sich Kaffee aus der Maschine.

„Ich trink immer einen hier, und den zweiten nehme ich dann mit rüber", erklärte Robert, während er sich an den Tisch setzte.

„Vernünftig", sagte Harald und setzte sich ihm gegenüber.

Robert dachte an Vesna. Die Nacht mit ihr war schön gewesen, er hatte sich wohlgefühlt. Doch wenn er an den Abend dachte, der dem vorausgegangen war, fragte er sich, ob er sie tatsächlich vermisste oder sich nur danach sehnte, öfter mit jemandem das Bett zu teilen.

„Zähe Sache", sagte Harald.

Robert sah ihn an und verstand erst nach ein paar Sekunden, dass er von der Arbeit sprach.

„Ja", sagte Robert, „ziemlich fad und langwierig."

Harald nickte.

„Aber das ist eh fast alles hier", sagte Robert.

Harald lachte auf: „Voll."

Es knisterte in der Gegensprechanlage. Robert und Harald sahen auf.

„Lektorat, bitte zu mir kommen", rauschte es aus dem Gerät, das an der Küchenwand installiert war.

In jedem Raum war ein Exemplar dieses veralteten Kommunikationsgeräts installiert, mit dem der Chef Durchsagen an alle machte oder eben auch einzelne Angestellte ansprach, wenn er den Telefonhörer nicht in die Hand nehmen wollte.

Noch einmal knisterte es: „Dringend!", hörten die beiden ihren Chef seinen Befehl unterstreichen.

Harald ging zu dem Apparat und schaltete ihn aus. Robert grinste ihn an. Sie konnten ihren Kaffee in Ruhe austrinken und sich gegebenenfalls darauf herausreden, dass offenbar schon wieder jemand das Gerät in der Küche abgeschaltet hatte.

„Was soll schon so dringend sein?“, fragte Harald.

Robert nickte zustimmend.

Totschlagen (II)

Am Dienstag musste Hannes aufs Arbeitsamt. Der Termin war um 8:50. Er musste etwas früher aufstehen als sonst, aber nicht viel. Normalerweise stand er gegen 8:30 auf, und so musste er etwa eine halbe Stunde früher raus. Dafür wusste er bereits, dass er nach dem Termin, der in der Regel nur wenige Minuten in Anspruch nahm, das angenehme Gefühl haben würde, an diesem Tag bereits etwas erledigt zu haben. Er nahm die Straßenbahn. Am Weg zum Arbeitsamt las er auf seinem Smartphone die aktuellen Nachrichten. Flüchtlingskrise. Krieg in Syrien. Umfragehoch für die FPÖ. Anschlag in Ankara. Heute war ein besonderer Tag. Hannes musste nicht einfach nur einen neuen Termin für seinen nächsten AMS-Besuch ausmachen, sondern auch deshalb erscheinen, um die Fortzahlung seines Arbeitslosengeldes zu beantragen, das in diesem Stadium bereits Notstandsgeld genannt wurde. Weshalb er dafür exakt dieselben Daten, nach denen er bereits seit Monaten beamtshandelt wurde, noch einmal in ein Formular schreiben und dieses persönlich abgeben musste, war Hannes schleierhaft. Er nahm es hin. Es empfahl sich, nicht zu viele Fragen zu stellen. Das führte im besten Fall zur Verwirrung der Arbeitsamtsangestellten und im schlechtesten Fall zu Problemen.

Hannes war bereits ein paar Minuten vor seinem Termin in dem Stockwerk, in dem das Büro des für ihn zuständigen Angestellten lag. Er setzte sich im Wartebereich hin und kontrollierte noch einmal, ob er den Formularbogen vollständig ausgefüllt hatte. Tatsächlich hatte er am Vorabend vergessen, ein paar Häkchen zu setzen. Nein, er hatte keinen Anspruch auf eine Pension. Und nein, er war auch nicht Erbe eines forstwirtschaftlichen Betriebs. Gerade als er fertig war, rief ein etwa dreißigjähriger Mann seinen Namen. Hannes folgte ihm in dessen Büro. Der Arbeitsamtsangestellte bot ihm einen Platz an.

„Sie sind wegen der Verlängerung da, oder?“, fragte er.

„Ja“, antwortete Hannes.

Nach einer kurzen Pause fügte er hinzu: „Leider.“

Der Angestellte blickte Hannes erstaunt an. Dann grinste er.

„Also ich finde das gar nicht schlimm“, sagte er lachend. „Meine ganze Existenz ist darauf aufgebaut, dass Sie hier sitzen.“

Hannes blickte ihn an und lächelte. Dabei stellte er sich vor, wie er dem Mann mit seiner Faust in die Zähne schlug. Der Angestellte lachte zu seiner ihm gegenübersitzenden Kollegin und versuchte herauszufinden, ob sie seinen Witz registriert hatte. Die Kollegin blickte ausdruckslos auf ihren Computerbildschirm. Hannes stellte sich vor, wie er mit einem Tischbein auf den Arbeitsamtsangestellten einschlug.

Zwei Schreibtische weiter wurde es laut. Ein junger Mann und eine junge Frau versuchten sich in gebrochenem Deutsch zu verständigen. Gleichzeitig schrie ihr etwa zweijähriges Kind. Die Arbeitsamtsangestellte, vor deren Schreibtisch das Paar stand, begann ebenfalls zu schreien.

„Sehen Sie?“ rief sie den beiden zu und deutete auf das Kind. „So kann man ja nicht arbeiten.“

„So, das wars auch schon“, sagte nun der für Hannes zuständige Angestellte, „hier noch unterschreiben ... und hier. Und wir sind fertig.“

Hannes nickte ihm zu und bedankte sich.

„Alles Gute und schönes Wochenende“, rief der Angestellte Hannes nach, als dieser sich schon zur Tür des Büros bewegte.

Als Hannes auf die Straße trat, war es kurz nach neun Uhr. Er hatte etwas erledigt. Während er zur Straßenbahn ging, dachte er darüber nach, wie er während der nächsten Tage die Zeit totschlagen würde. Solange, bis endlich wieder Wochenende war.

Tagwerk (II)

Harald und Robert saßen an ihren Schreibtischen und waren in die Arbeit vertieft. Es war früher Vormittag. Dienstag. Robert war wieder besonders pünktlich ins Büro gekommen, um guten Willen zu demonstrieren. Außerdem hatten Harald und er tatsächlich einiges zu tun und mussten sich beeilen, wenn sie mit diesem Projekt termingerecht fertig werden wollten.

Plötzlich flog die Tür auf. Robert blickte überrascht auf, auch Harald war erschrocken. In der Tür stand ihr Chef.

„Was ist mit euch?“, rief er, ohne sein abruptes Erscheinen zu erklären.

Harald blickte Robert an.

„Entschuldigung?“, fragte Robert in einem Ton, der sein Erstaunen über diesen Auftritt ausdrücken sollte.

„Ihr antwortet nicht auf Mails, seid telefonisch nicht erreichbar und übers Interkom erreich ich euch sowieso nicht ...“

„Sorry“, sagte Robert, „wir waren vorher mal in der Küche ...“

Sie hatten wie gestern Vormittag Kaffee getrunken, als eine Durchsage an sie durch die Büroräume gerauscht war. Diesmal hatte Robert das Gerät abgeschaltet und Harald hatte gelacht. Tags zuvor hatten sie richtig vermutet: Es gab nichts Dringendes in diesem Unternehmen. Der Chef hatte nur wissen wollen, ob die provisorische Zusammenarbeit der beiden klappe.

Während der Chef in der Tür stand, öffnete Robert sein Mailprogramm, klickte die ungelesenen Nachrichten an und sah, dass der Chef bereits am Freitag eine Nachricht geschickt hatte, die er aufgrund seines verlängerten Wochenendes übersehen hatte.

„Ah", sagte er, während er das Mail überflog, „ja, 'tschuldigung, das ist mir durchgerutscht."

Es ging um eine Versammlung der ganzen Belegschaft, die der Chef für den nächsten Vormittag einberufen hatte. Am Ende des Mails stand die dringende Aufforderung, den Empfang der Nachricht zu bestätigen. Aus jeder Abteilung müsse mindestens eine Person anwesend sein.

„Das ist wichtig, da müssen Sie kommen", sagte der Chef.

Harald und Robert nickten. Ohne ein weiteres Wort drehte sich ihr Chef um und verließ das Zimmer. Robert verstand nicht, weshalb er so empört darüber war, dass sie eine Versammlung nicht bestätigten, die zu einem Zeitpunkt stattfinden sollte, zu dem sie ohnehin Dienst hatten. Ein bisschen verstand er es schon. Aber die Chancen, dass er schon wieder blaumachen würde, waren gering. Das hätte auch sein Chef wissen müssen.

„Die mysteriöse Versammlung", sagte Harald, der das Mail offenbar gelesen hatte, „worum wird es da gehen?"

„Keine Ahnung", sagte Robert.

„Er wirkt etwas nervös", meinte Harald.

Robert sah ihn an und nickte nachdenklich.

Während der vergangenen Wochen hatten immer wieder Gerüchte die Runde gemacht, dass der Laden nicht besonders gut lief. Einige größere Aufträge waren geplatzt, außerdem hatte es ein paar Beschwerden von Kunden gegeben.

„Ja, das hab ich mir auch gedacht", sagte er, „naja, morgen werden wir es wohl erfahren."

„Seit wann bist du schon hier?", fragte Harald.

„Zu lange", sagte Robert, „fast vier Jahre."

Harald nickte.

„Naja, ob ich es hier so lange mache ..."

„Ja, es ist um einiges stressiger geworden in den letzten eineinhalb Jahren", sagte Robert. „Am Anfang war es ein recht gemütlicher Job."

„Meinen letzten Job bin ich auch losgeworden, weil es immer stressiger wurde", sagte Harald.

„Was ist passiert?"

„Ach, das war beim Bauer."

Robert nickte wissend. Der Bauer Verlag war berüchtigt. Jeder, der in Wien in der Medienbranche arbeitete, kannte die Geschichten. Redakteure wurden mitten in der Produktion fristlos entlassen, weil der Chefin irgendetwas nicht gefallen hatte. Honorare wurden zurückgehalten und oft nicht einmal bei Androhung von Rechtsanwalt und Steuerprüfer ausbezahlt. Die Assistenzstellen in der Chefetage waren meistens nur wenige Monate besetzt – dann suchten die jeweiligen Angestellten das Weite oder wurden bereits wieder entlassen.

„Es war so eine Irrsinnsproduktion", erzählte Harald, „nichts war fertig, wir waren schon kurz vor Drucktermin. Ich hab die Texte nur mehr überfliegen können und bin dabei dauernd gedrängt worden, dass ich mich beeilen soll. Dann waren halt ein paar Fehler zu viel im Heft."

„Dann hat sie dich gleich rausgeschmissen?", fragte Robert.

„Naja, ich hab ein paar Tage nichts gehört, dann hab ich mal angerufen", sagte Harald. „Die Sekretärin meinte, dass die Bauer total angefressen ist, weil in ihrem Editorial zwei Fehler waren."

Harald lachte.

„Das war wohl zu viel", erzählte er weiter. „Ich hab dann sogar noch darum streiten müssen, überhaupt ein Honorar zu bekommen. Die Hälfte haben sie rausgerückt."

„Arschlöcher", sagte Robert.

Harald nickte.

„Ich hab sogar überlegt, sie wegen Scheinselbstständigkeit oder so anzuzeigen“, sagte er. „Ich hab mit ein paar Leuten, die sich auskennen, darüber gesprochen. Die haben mir alle abgeraten und gemeint, da würde nichts für mich rausschauen.“

Er dachte nach.

„Darum wäre es mir aber gar nicht gegangen“, erklärte er dann, „ich wollte der Bauer einfach eins auswischen. Und vielleicht hätte sich mal wer ihren Laden ein bisschen angeschaut.“

Robert nickte.

Feierabend (I)

Vesna bestellte Kakao. Robert nahm eine Melange. Sie schwiegen, bis die Getränke vor ihnen standen. Robert hatte schon geahnt, dass dies kein romantisches Date werden würde. Das SMS, das Vesna ihm am Nachmittag geschickt hatte, hatte zu ernst und zu formal geklungen. Sie nahm einen Schluck aus ihrer Tasse, stellte diese wieder auf den Tisch, blickte ihn an und fragte: „Wie gehts dir?"

Robert wusste zunächst nicht, was er sagen sollte. Das floskelhafte Begrüßungs-Wie-gehts-dir hatten sie bereits knapp zehn Minuten vorher absolviert. Sie wollte also tatsächlich wissen, wie es ihm ging. Vermutlich interessierte sie vor allem, wie er über ihre gemeinsame Nacht dachte. Er sah sie an und nickte.

„Gut", sagte er dann, „und dir?"

Sie blickte auf den Tisch, bevor sie antwortete, so als versuchte sie, ihre Worte ganz genau auszuwählen.

„Ich hab ein bisschen ein schlechtes Gewissen gehabt während der letzten Tage", sagte sie dann, „du hast mir ein paar Mal geschrieben, und ich hab nicht so recht gewusst, was ich dir antworten soll."

Sie sah ihn an. Er schwieg.

„Ich weiß nicht, wie du über das denkst, was Samstagnacht passiert ist."

Sie machte eine Pause.

Dann sagte sie: „Ich hab grad ziemlich viel um die Ohren."

„Alles ok", sagte Robert, „du brauchst wegen mir kein schlechtes Gewissen zu haben."

„Ok", sagte sie und lächelte, „es ist seltsam, wir kennen uns kaum ..."

Sie verstummte. Er wartete.

„Ich bin schwanger", sagte sie plötzlich.

Robert blickte derart belämmert, dass Vesna laut auflachte.

„Das ist jetzt unerwartet gekommen", sagte er dann.

Sie nickte.

„Ja. Für mich auch", sagte sie, „ich hab es gestern erfahren. Ich hab schon so ein Gefühl gehabt, jetzt weiß ich es."

Sie lächelte unsicher.

„Ich hab mit dem Typen nur ein Mal was gehabt", sagte sie und lachte verlegen, „da ist es passiert."

„Weiß er es schon?", fragte Robert und schämte sich ein bisschen für seine Neugier.

„Nein", sagte sie, „ich muss mir jetzt auch erst überlegen, wie das weitergeht."

Es entstand eine Pause. Robert wusste nicht, was nun noch passieren würde.

„Ich brauch jetzt aber ein bisschen Ruhe", sagte Vesna dann. „Ich wollte dir das halt persönlich sagen und dich nicht mit einem SMS abwimmeln. Ich hab es echt schön gefunden mit dir, aber ich glaub, ich hab grad keinen Platz für sowas."

Robert musste darüber lächeln, dass sie ihn als „sowas" bezeichnete. Dann nickte er wieder.

„Klar, versteh ich."

Das Gespräch verstummte wieder.

Sie nippten beide an ihren Getränken.

„Aber wir können ja ein bisschen in Kontakt bleiben", sagte Vesna dann.

„Ja, gern", antwortete er, „meld dich einfach, wenn du Lust hast."

Jetzt nickte sie und blickte Robert dabei an.

Sie sprachen nur mehr wenig, während sie austranken. Vesna bestand darauf, Roberts Kaffee zu bezahlen. Er fand das seltsam. Es wirkte so, als wäre sie ihm etwas schuldig.

Vor dem Café verabschiedeten sie sich voneinander. Vesna ging zur U-Bahn, Robert machte sich zu Fuß auf den Weg. Er beschloss, in das nächste Lokal zu gehen, an dem er vorbeikam.

Es war eines der unzähligen Eckbeisln, die es überall in Wien gibt und bei denen man sich jedes Mal, wenn man an einem vorbeigeht, die Frage stellt, wovon der Wirt lebt. Selten sitzen mehr als zwei oder drei Menschen an der Bar. Die sitzen da zwar bereits seit dem Vormittag, können aber kaum den Gegenwert der Lokalmiete vertrinken.

Robert suchte sich einen Platz an der Theke und bestellte ein Bier. Im Hintergrund lief leise Schlagermusik. Während Robert auf sein Bier wartete, betraten ein paar weitere Gäste das kleine Lokal, sodass dieses nun doch recht gut gefüllt war.

Der Wirt stellte das Bier vor Robert auf den Tresen. Links von Robert saßen an der Theke zwei Männer und eine Frau, alle um die 50 Jahre alt. Sie starrten vor sich hin. Die neu hinzugekommenen Gäste hatten sich an einem der beiden Tische niedergelassen und warteten auf ihre Getränke. Kaum hatte der Wirt diese serviert, stieg der Geräuschpegel im Lokal deutlich an. Die Runde prostete einander fröhlich zu, der Wirt ging hinter die Bar und drehte die Musik lauter. Die beiden Männer, die am linken Ende der Theke saßen, begannen sich miteinander zu unterhalten. Robert nahm einen weiteren Schluck von seinem Bier. Die Frau, die zwei Plätze weiter saß, blickte kurz zu ihm. Dann rief sie den Wirt. Als dieser sich zu ihr wandte, sagte sie: „Einen Wodka bitte!“

Dann drehte sie sich zu Robert.

„Magst auch einen, Kleiner?“

Robert sah zu ihr und nickte.

„Na klar.“

Die Frau stand auf und setzte sich neben Robert. Als der Wirt ihr den Wodka brachte, bestellte sie noch einen. Ohne weitere Kennenlernrituale begann sie Robert aus ihrem Leben zu erzählen, als wären sie alte Bekannte und hätten einander nur einige Zeit nicht gesehen. Robert hörte nicht besonders aufmerksam zu. Sie erzählte irgendetwas von Kunsthandel, offenbar arbeitete sie in dem Bereich oder kannte jemanden, der dies tat. Robert dachte über Vesna nach. Der Wirt brachte den zweiten Wodka. Sie stießen an, die Frau sagte: „Ich heiß Lisi."

Robert sagte „Prost, Lisi", und sie kippten den Schnaps hinunter.

Dann redete Lisi weiter und Robert trank an seinem Bier. Als dieses leer war, bestellte er ein neues. Lisi schien es nicht zu stören, dass er sich an dem Gespräch nicht beteiligte. Als Robert etwa die Hälfte seines zweiten Bieres ausgetrunken hatte, griff sie ihm plötzlich an die Wange und sagte: „Du solltest dich rasieren."

Robert wich etwas zurück und sagte „Aha".

„So schaust du aus wie ein Türke", erklärte Lisi.

Robert sah sie an, um herauszufinden, ob sie versuchte, witzig zu sein. Sie aber wechselte sofort wieder das Thema und erzählte von ihrem Exmann. Robert wandte sich wieder seinem Bier zu. Nach ein paar Minuten sagte sie: „Eigentlich bist du ja ganz hübsch, aber die Bartstoppeln", dabei griff sie wieder an Roberts Gesicht, „damit schaust du aus wie ein Türke."

„Hast du ein Problem mit Türken?", rief plötzlich jemand unmittelbar hinter den beiden.

Robert erschrak leicht und drehte sich um. Hinter ihnen stand eine etwa 60jährige Frau, die Robert bisher nicht wahrgenommen hatte. Sie schien schon einigermaßen betrunken zu sein, doch ihre geröteten Augen fixierten Roberts neue Bekannte. Diese drehte sich mit aufgerissenem Mund um und starrte die Frau an.

„Was erlauben Sie sich“, rief Lisi mit gekünstelter Empörung, „das geht Sie überhaupt nichts an, was ich hier bespreche.“

„Und ob mich das was angeht“, rief die Frau aufgebracht.

„Lass gut sein“, mischte sich nun auch der Wirt ein.

„Naja, sie hat schon recht“, meldete sich Robert schüchtern zu Wort, doch die anderen nahmen davon keine Notiz.

„Die soll sich schleichen, wenns deppert ist“, rief die Frau, deren Gesicht vor Ärger und Aufregung rot angelaufen war.

Lisi blickte zwischen ihr und dem Wirt hin und her.

„Lass gut sein“, sagte der Wirt erneut zu der Frau, und dann zu Lisi: „Und Sie passen a bissl auf, was Sie da reden.“

Lisi schüttelte mit großen Augen den Kopf. Robert grinste den Wirt an und stand auf. Er legte Geld auf den Tresen, nickte der aufgebrachten Frau zu und verließ das Lokal.

Totschlagen (III)

Vor anderthalb Jahren hatte Hannes einen Kurs besuchen müssen. Es gibt dieses Klischee von Arbeitslosenkursen, in denen bestens ausgebildete Menschen lernen, wie sie ein Bewerbungsschreiben formulieren. Hannes hatte einen solchen Motivierungs- und Briefschreibekurs gerade noch abwenden können und war ein bisschen stolz darauf gewesen. Er hatte Motivation und Eigeninitiative gezeigt und seinem AMS-Betreuer vorgeschlagen, einen Kurs belegen zu dürfen, der in Zusammenhang mit seiner Jobsuche von Vorteil sein könne. So ganz stimmte das natürlich auch nicht, doch Hannes dachte, es sei immer noch besser, etwas unnötiges Neues zu lernen, als Unnötiges zu tun, ohne etwas dabei zu lernen. Der Kurs sollte über mehrere Wochen gehen. Am Abend, bevor es losging, war Hannes sogar ein bisschen aufgeregt. Er würde nun für einige Zeit auch unter der Woche rauskommen, in den Kurspausen mit anderen plaudern, etwas Abwechslung haben. Und wer weiß – vielleicht war der Kurs ja sogar interessant.

Der Weg zu dem Institut, in dem der Kurs stattfand, war weit. Hannes musste sich bereits kurz nach acht Uhr früh auf den Weg machen. Es war Winter. Draußen war es kalt und Hannes fror auf dem Weg zur U-Bahn. So früh war er schon lange nicht mehr unterwegs gewesen. Für die U-Bahnfahrt kaufte er sich einen Kaffee, etwas zu essen und eine Zeitung. Er fühlte sich, als wäre er unterwegs in die Arbeit und musste sich eingestehen, dass er sich trotz seiner immer noch vorhandenen Abscheu gegen die Zwangsbeglückung durch das Arbeitsamt nun irgendwie auf das freute, was der Tag bringen mochte.

Als er in dem Institut ankam, wunderte er sich zunächst, dass so wenige andere Menschen zu sehen waren. Eine Angestellte begrüßte ihn und bat ihn, in einem kleinen Raum zu warten. Es dauerte noch mehr als zehn Minuten, bis der Kurs beginnen sollte. Hannes wartete. Etwa fünf Minuten später blickte die Frau, die ihn begrüßt hatte, zur Tür herein und forderte ihn auf mitzukommen. Sie führte ihn in einen mittelgroßen Seminarraum, in dem etwa dreißig Arbeitsplätze mit Computern standen. Hannes runzelte die Stirn. An zwei Plätzen saßen weit voneinander entfernt zwei Personen mit Kopfhörern und starrten konzentriert auf ihre Bildschirme. Die Angestellte führte Hannes zu einem Platz in der letzten Reihe und wies auf einen Computerbildschirm: „Das ist Ihr Platz."

Hannes blickte sie verwundert an. Sie bat ihn, sich zu setzen, und nahm sich einen zweiten Sessel.

„Ich werd Ihnen das jetzt erklären, und dann können Sie auch schon loslegen mit Ihrem Kurs."

Langsam begann es Hannes zu dämmern. Er zeigte auf den Computer, stotterte „Das ... ist?" und setzte sich dann.

Die Angestellte des Instituts lächelte ihn freundlich an und ignorierte seine Verwirrtheit.

„So", sagte sie und klickte auf ein Programm, „hier geht's los."

Hannes hörte ihren Erklärungen kaum zu, begriff aber, dass es sich hier um einen Videolehrgang handelte, den er während der kommenden Wochen allein zu absolvieren hatte. Wenn er Fragen habe, solle er sich an sie wenden, sagte die Frau. Ein Blick auf die Bildschirme der beiden anderen im Raum machte Hannes deutlich, dass diese mit ganz anderen Inhalten beschäftigt waren, als er es sein würde. Er konnte nicht fassen, was gerade passierte. Nach ein paar Minuten der Erklärungen ließ ihn die Frau allein.

Hannes saß da und wusste nicht, was er tun sollte. Er befand sich in einer alptraumhaften Kopie seines Alltags zu Hause: Er starrte auf einen Bildschirm und schlug die Zeit mit Herumklicken tot. Nur waren hier seine Küche, seine Couch und sein Klo nicht in der Nähe, dafür andere Menschen im selben Raum, die ihn ignorierten und die er nicht ansprechen sollte. Und er klickte sich nicht durch Internetseiten, die ihn manchmal wenigstens interessierten, sondern durch ein lieblos gestaltetes Lernprogramm, dessen Inhalte er bereits wieder vergaß, während er sie vorgesetzt bekam.

Er sollte hier vier Wochen lang täglich fünf Stunden sitzen. Er hatte das Gefühl, in einem Gefängnis gelandet zu sein. Er blickte zum Fenster hinaus. Es war grau draußen. Er fühlte sich zornig und traurig. Was für eine Zeitverschwendung. Er hatte sich darauf gefreut, echten Menschen zuzuhören und von diesen etwas beigebracht zu bekommen. Nun starrte ihn ein unsympathischer Sprecher aus dem Bildschirm heraus an, in dessen Gesicht das Pausezeichen blinkte. Hannes seufzte, setzte die Kopfhörer wieder auf und klickte auf das Bild. „Kapitel eins", sagte der Videolehrgangssprecher. „Nach der Einführung lernen wir nun zunächst ..."

Hannes musste bis zum mittleren Nachmittag vor seinem Lehrgang sitzen. Dann machte er sich auf den Heimweg. In der U-Bahn beschloss er, nicht sofort nach Hause zu fahren. Stattdessen machte er einen kleinen Umweg und ging zur Ordination seines Hausarztes. Er erzählte diesem, dass er sich seit heute früh schlecht fühle und bereits erbrochen habe.

„Jaja", sagte der Arzt, „das haben jetzt einige. Da geht was um."

„Aha", antwortete Hannes.

Er musste sich hinlegen. Der Arzt drückte auf seinem Bauch herum.

„Tut das weh?", fragte er.

„Ein bisschen", sagte Hannes.

„Und das?"

„Nein."

„Gut. Also das ist nichts Gröberes. Ich schreib Ihnen da was auf. Ein paar Tage ausruhen. Brauchen Sie eine Krankschreibung?"

„Ja, bitte."

Tagwerk (III)

Am Mittwochvormittag sollte also eine Betriebsversammlung stattfinden. Robert hatte sich am Dienstagnachmittag noch mit ein paar anderen über die Sache unterhalten. Niemand wusste genau, worum es gehen sollte, doch alle vermuteten, dass an den Gerüchten wohl doch etwas Wahres sein könnte. Da Robert nicht an dem Job hing, hatte er sich nie mit den Veränderungen beschäftigt, die sich im Hintergrund angebahnt hatten. Ein Kollege hatte ihm vor einigen Wochen erläutert, wie sich die neuen Clickworking-Plattformen auf ihre Branche auswirkten. Robert hatte ungläubig zugehört, während sein Kollege von Menschen erzählte, die über Online-Vermittlungsseiten Aufträge als Grafiker oder Texter übernahmen, ohne jemals mit irgendwem aus der Firma gesprochen zu haben, für die sie nun ein paar Tage oder ein paar Stunden arbeiteten. Alles, was sein Kollege gesagt hatte, hatte für Robert nach Science Fiction geklungen.

Er war um neun Uhr ins Büro gekommen, hatte sich Kaffee geholt und zu arbeiten begonnen. Um halb zehn war die Versammlung. Harald kam ein paar Minuten vor halb bei der Tür herein. Robert blickte auf und nickte ihm zu.

„Hab mir gedacht, es zahlt sich nicht aus, vorher anzufangen“, sagte Harald entschuldigend.

„Eh“, murmelte Robert, während er auf den Bildschirm starrte.

Er war eben an einem Satz hängengeblieben, den er mehrmals lesen musste, bevor er dessen Sinn verstand. Es handelte sich um die Beschreibung eines technischen Geräts, dessen Funktion ihm schleierhaft war. In solchen Augenblicken fragte er sich oft, an welcher Stelle seines Leben er eine andere Abzweigung hätte nehmen müssen.

Harald hatte sich nun hinter seinen Schreibtisch gesetzt und fuhr gerade den Computer hoch. Robert seufzte, lehnte sich in seinem Schreibtischsessel zurück und blickte ihn an.

„Jetzt bin ich ja mal gespannt“, sagte er.

„Ich auch“, erwiderte Harald, „was, meinst du, wird passieren?“

„Keine Ahnung, aber besonders gut hat nichts geklungen, was ich bisher gehört hab.“

Harald nickte. Robert blickte auf die Uhr, es war genau halb zehn.

„Na, dann schauen wir mal“, sagte er, während er aufstand.

Harald klickte noch ein paar Augenblicke herum, dann stand er ebenfalls auf, und sie gingen gemeinsam an der Küche vorbei zum großen Besprechungszimmer.

Dort saßen bereits neun Personen, einige unterhielten sich leise, ein paar blickten auf ihre Smartphones oder tranken aus ihren Kaffeetassen. Robert und Harald grüßten in die Runde und setzten sich. In dem Raum waren drei Tische in U-Form aufgestellt, ein einzelner Tisch stand an der offenen Seite des U. Dort würde der Chef Platz nehmen. Drei weitere Kollegen und zwei Kolleginnen kamen bei der Tür herein und nahmen Platz. Abgesehen von ein paar Leuten, die gerade krank oder im Urlaub waren, war die Belegschaft nun vollständig. Nur der Chef und seine beiden Stellvertreter und die zwei Sekretärinnen fehlten noch.

Nach ein paar Minuten marschierte die Chefetage in das Besprechungszimmer. Alle hatten ernste Mienen aufgesetzt.

„Die schauen aus, als würden sie auf ein Begräbnis gehen“, flüsterte Robert Harald zu.

Dieser nickte.

Da begann auch schon der Chef zu sprechen.

„Liebe Kolleginnen und Kollegen, danke für Ihr pünktliches Erscheinen. Was jetzt kommt, ist nicht leicht."

Tagwerk (IV)

Der Chef spuckte die Neuigkeit ohne weitere Umschweife aus. Die Firma stecke in massiven Schwierigkeiten. Regelmäßige Aufträge einiger größerer Kunden seien seit Längerem ausgeblieben. Auf Nachfrage habe es geheißen, dass man „vorübergehend andere Lösungen" gefunden habe. Nach einem kurzen Exkurs über die verschärfte Konkurrenz in der Branche im Besonderen und Veränderungen in der Arbeitswelt im Allgemeinen kam der Chef zum wesentlichen Punkt.

„Wir sind derzeit gut aufgestellt", sagte er, „leider zu gut."

Danach machte er eine Pause.

Noch während Robert darüber nachdachte, was dies bedeuten sollte, setzte der Chef fort:

„Wir werden uns in den nächsten Wochen von einigen Leuten trennen müssen ..."

Ein Murmeln ging durch das Besprechungszimmer.

„... Noch ist nichts entschieden", sagte der Chef. „Wir werden mit jedem von Ihnen Einzelgespräche führen und gemeinsam Lösungen finden."

„Was heißt Lösungen?", rief eine Kollegin mit empörter Stimme dazwischen.

Es war Anna aus der Grafikabteilung. Sie hatte einen hochroten Kopf. Robert hatte sich bisher kaum mit ihr unterhalten, sie war sehr ruhig und nur selten in der Küche, wo die meisten Unterhaltungen während eines Arbeitstages stattfanden.

„Ganz ruhig", sagte einer der Stellvertreter des Chefs und hob beschwichtigend seine Hände.

„Naja", antwortete nun der Chef auf Annas Frage, „wir werden das alles möglichst schonend abwickeln. Aber Fakt ist: wir haben derzeit fast 25 Leute im Betrieb. Ich sags ganz offen: ein Drittel wird gehen müssen."

Harald hob seine Hand.

„Ja bitte", sagte der Chef, dem die Choreographie der Versammlung durch Annas Zwischenruf bereits entglitten war.

„Wer von Ihnen dreien wird gehen müssen?", fragte Harald.

Robert blickte ihn erstaunt an. Harald stand als derjenige, der erst seit Kurzem hier arbeitete, mit einiger Sicherheit ganz oben auf der Liste jener, die „gehen" sollten.

„Also bitte", sagte der Chef, „wir werden hier jetzt nicht spekulieren, wie das alles im Detail abläuft. Allerdings kann ich Ihnen schon jetzt verraten, dass die Leitungsabteilung bereits jetzt dünn besetzt ist."

„Na sicher!", rief Harald.

Nun stand endlich Michael auf. Er war der Betriebsrat, und alle blickten gespannt zu ihm.

„Also ich möchte nun als Betriebsrat zu der ganzen Sache mal was sagen", begann er. „Ich muss sagen, dass ich schon sehr erstaunt bin über die Art und Weise, wie wir hier informiert werden. Ich habe in den letzten Wochen mehrmals in der Leitung nachgefragt, weil es schon länger Gerüchte gibt, dass es nicht rund läuft, und bin immer abgewimmelt worden."

Er zeigte auf den Chef und die beiden Stellvertreter.

„Ich erwarte mir von euch, dass wir uns sofort zusammensetzen, bevor hier irgendwelche Lösungen mit einzelnen Kolleginnen und Kollegen gesucht werden."

Harald klatschte in die Hände. Robert blickte ihn wieder erstaunt an. Dann klatschte auch er, und ein paar andere fielen ein. Der Chef, der sich während der Wortmeldung des Betriebsrats gesetzt hatte, sprang nun auf und hob die Hände in die Höhe.

„Bitte um Ruhe“, rief er, „liebe Kollegen!“

Alle hörten zu klatschen auf.

„Immer mit der Ruhe“, sagte er.

Man hörte die Nervosität in seiner Stimme. Er hatte offenbar nicht damit gerechnet, dass seine Ankündigung andere Reaktionen als Resignation hervorrufen könnte.

„Wir werden selbstverständlich sofort heute Nachmittag eine Besprechung mit dem Betriebsrat machen“, sagte der Chef, „bis dahin bitte ich darum, keine weiteren Gerüchte zu streuen. Wir müssen jetzt alle Ruhe bewahren und gemeinsam zu einer vernünftigen Lösung kommen ...“

„Wie wollen Sie ein Drittel der Belegschaft vernünftig rausschmeißen?“, rief Harald laut dazwischen.

Robert blickte ihn nun nicht mehr erstaunt an, sondern nickte nur zustimmend und fixierte dabei den Chef, obwohl dieser ihn gar nicht ansah.

„Immer mit der Ruhe“, sagte der Chef nun erneut.

Er war mit der Situation überfordert. Harald war jetzt aufgestanden, und Robert musste sich nun doch wieder zu ihm drehen.

„Wenns finanziell eng ist, dann wäre es wohl am besten, Sie nehmen Ihren Hut“, sagte Harald in Richtung des Chefs, „mit Ihrem Gehalt können wir schon noch eine Weile weitermachen.“

Robert musste auflachen. Ein paar Kolleginnen und Kollegen lachten ebenfalls, andere machten abschätzige Laute. Michael erhob sich nun ebenfalls und versuchte zu beschwichtigen.

„So, das bringt uns jetzt auch nicht weiter“, sagte er.

Dann in Richtung des Chefs: „Gibts noch was?“

Dieser blickte den Betriebsrat entgeistert an. Nach ein paar Sekunden sagte er dann: „Nein ... Nein, das wars. Ich bitte Sie, nun an Ihre Arbeitsplätze zurückzugehen. Wir halten Sie auf dem Laufenden.“

Totschlagen (IV)

Hannes hatte ein Spiel für jene Tage, an denen er nicht wusste, was er tun sollte. Er hatte sich dieses Spiel als Kind ausgedacht, es aber erst ausprobiert, als er erwachsen war und zu viel Zeit hatte. Die Idee hatte er aber schon vor mehr als 20 Jahren gehabt, als sein Detektivbuch für Kinder ihm empfahl, das schwierige Kapitel „Observation von Verdächtigen" gründlich zu üben. Als Kind hatte er sich dann immer ausgemalt, wie er eine zufällig ausgewählte Person durch die Stadt verfolgte, ohne dass diese Person etwas davon wüsste.

Als er bereits seit mehreren Monaten ohne Job war, hatte er sich eines Tages an sein imaginäres Spiel erinnert und beschlossen, es in die Tat umzusetzen. Er war losgegangen und hatte die erste Person, die er auf der Straße gesehen hatte, verfolgt. Nach etwa fünf Minuten war das Spiel bereits zu Ende gegangen – der Mann war zwei Querstraßen weiter in einem Hauseingang verschwunden.

Es war Donnerstag, später Nachmittag. Schon am Mittwoch war nichts passiert. Hannes verbrachte nun bereits den zweiten Tag in Folge zuhause und hatte außer einem kurzen Telefonat mit seiner Mutter und ein paar mit drei oder vier Freunden ausgetauschten Chatnachrichten seit seinem Termin am Arbeitsamt mit niemanden mehr kommuniziert.

Er musste raus.

Kurz nach halb sieben Uhr abends stieg er in die U-Bahn. Sein Blick traf sofort auf den einer jungen Frau, die neben der Tür stand und sich an einer der Plastikhalteschlingen festhielt, die von der Decke baumelten. Hannes schätzte, dass sie etwas älter war als er, etwa Mitte 40. Sie hatte kurze schwarze Haare und ein Piercing in der Unterlippe. Hannes setzte sich auf einen freien Platz ein Stück von ihr entfernt, sodass er sie im Blick hatte, ohne dass dies auffiel, und beobachtete sie aus dem Augenwinkel. Sie hörte weder Musik, noch starrte sie auf das Display eines Smartphones, sondern blickte abwechselnd aus dem Fenster oder auf andere Fahrgäste. Die meiste Zeit starrte sie aber einfach vor sich hin und nahm ihre Umgebung vermutlich nicht bewusst wahr. Sie wirkte erschöpft, wie nach einem anstrengenden Arbeitstag. Hannes fragte sich, was sie wohl beruflich machte. Sozialarbeiterin? Grafikdesignerin? Vielleicht freiberuflich? Welche Musik hörte sie? Ging sie abends lieber mit ein paar Freunden Bier trinken oder feierte auf Partys, auf denen sie sich seit einiger Zeit immer etwas zu alt fühlte? Wohnte sie allein in einer kleinen Wohnung? Oder mit jemandem zusammen? Oder in einer großen WG, in der auch eine Katze durch die Räume schlich? Vielleicht war sie gar nicht aus Wien, sondern nur auf Besuch? Nein. Sie lebte bestimmt in Wien. Immer schon? Oder war sie vor zwanzig Jahren hergezogen? Kam sie ursprünglich aus Oberösterreich, oder aus der Steiermark? Oder war sie vielleicht erst vor Kurzem aus Deutschland gekommen, nachdem eine Bekannte gesagt hatte, sie müsse unbedingt auch nach Österreich, weil hier die Jobsituation viel besser sei als zuhause?

Als die U-Bahn sich der Station Nußdorferstraße näherte, merkte Hannes, dass die Frau sich ein Stückchen in Richtung Tür gedreht hatte. Die kleine Bewegung war kaum wahrnehmbar gewesen, und obwohl Hannes die Frau nur am äußersten Rand seines Blickfeldes beobachtete, wusste er, dass sie aussteigen wollte. Hannes machte sich ebenfalls bereit, doch dann zögerte er. Ihm wurde bewusst, dass ihm die Frau gefiel. Sollte er ihr dennoch folgen? Es wäre etwas Neues, denn das Ganze hatte nichts damit zu tun, ob ihm jemand gefiel oder nicht. Es ging um etwas anderes. Langeweile, Neugier, die Aufregung, etwas irgendwie Verbotenes und Seltsames zu tun.

Die U-Bahn fuhr in die Station ein, und die Türen öffneten sich. Die Frau stieg aus. Hannes blieb sitzen. Die Türen schlossen sich wieder. Hannes befand sich im hinteren Teil des Zuges, die Frau musste also bis zum anderen Ende der Station gehen, wo sich der Abgang zum Gürtel befand. Als sie aus Hannes' Blickfeld ging, wechselte er auf den Platz gegenüber und saß nun entgegen der Fahrtrichtung. Die U-Bahn fuhr los. Nach ein paar Sekunden glitt er an ihr vorbei und ihre Blicke trafen sich erneut. Es schien Hannes, als lächelte sie. Er lächelte zurück, doch das konnte sie nicht mehr sehen.

Hannes wartete noch eine Station ab, dann stand er auf und ging in Richtung des vorderen Zugendes. Es war eine dieser neueren U-Bahngarnituren ohne abgeschlossene Waggons, in denen man von einem Ende bis zum anderen spazieren konnte. Etwa in der Mitte des Zuges blieb Hannes neben einer Tür stehen. Ihm gegenüber saß ein älterer Mann, der in einer Zeitung blätterte. Als der Zug in die Station Alser Straße einfuhr, blickte der Mann auf. Für einen Moment dachte Hannes, er wolle aussteigen, doch nachdem er das Schild gesehen hatte, auf dem der Name der Station zu lesen war, wandte der Mann seinen Blick wieder der Zeitung zu, betrachtete die Bilder und blätterte dann weiter.

Zwischen den Stationen Burggasse/Stadthalle und Westbahnhof legte der Mann die Zeitung auf den freien Platz neben sich. Hannes wusste, dass es nun soweit war. Und tatsächlich: Als der Zug in die Station einfuhr, stand der Mann auf, stellte sich direkt vor Hannes und drückte den Knopf zum Öffnen der Tür. Hannes nahm sein Telefon aus der Jackentasche und warf einen Blick darauf. Die Uhr zeigte 18:43.

Nachdem der Zug angehalten hatte, sprang die Tür auf und der Mann stieg aus. Direkt hinter ihm verließen zwei weitere Fahrgäste die U-Bahn, danach stieg Hannes auf den Bahnsteig.

Er folgte dem Mann und überlegte, wo dieser wohl hingehen würde. Hannes nahm an, dass er in einen der Außenbezirke weiterfahren würde. Vermutlich wohnte er irgendwo in Ottakring in einer kleinen Gemeindebauwohnung. Seine Frau war vor zwei oder drei Jahren gestorben, und seitdem hatte sich Einsamkeit in der Zweizimmerwohnung breit gemacht. Einmal in der Woche – und dieser Tag war heute gewesen – fuhr er vielleicht hinüber auf die andere Seite der Donau, wo seine Tochter und ihr Lebensgefährte mit dem Enkelsohn wohnten, weil es billiger war dort drüben. Oder er hatte einen alten Bekannten getroffen, der seit Jahrzehnten in Floridsdorf wohnte und nur selten den beschwerlichen Weg ins Zentrum auf sich nahm.

Der Mann steuerte die Rolltreppe an, die zur U3 hinunterführte. Dort wartete er nun tatsächlich auf den Zug Richtung Ottakring. Hannes blieb etwa fünf Meter neben ihm stehen. Der Mann stand weit vorne, nur ein paar Zentimeter vor der Bahnsteigkante, und so konnte Hannes ihn gut beobachten, ohne von ihm wahrgenommen zu werden. Immer wenn Wartende so nahe an der Kante standen, während die U-Bahn einfuhr, fragte Hannes sich, ob sie gerade denselben Gedanken haben wie er: Es wäre nur ein Schritt. Und jedes Mal, wenn Hannes diesen Gedanken hatte, versuchte er in den Mienen der Personen abzulesen, ob sie dasselbe dachten und ob sie es ernst meinen könnten und er sie zurückhalten sollte. Der alte Mann starrte ausdruckslos vor sich hin. Die U-Bahn fuhr bereits am Anfang der Station ein. Was hält ihn ab?, fragte Hannes sich. Was erwartete ihn außer einer kalten, stillen Wohnung, in die er für die restlichen Tage oder Monate oder Jahre seines

Lebens immer wieder zurückkehren würde? Wenn er genau jetzt einen Schritt nach vorne machen würde, wäre die Einsamkeit vorbei.

Die U-Bahn hielt an, die Türen öffneten sich, und der alte Mann stieg ein. Hannes nahm die nächste Tür und blieb wieder beim Ausgang stehen. Der Mann setzte sich ihm abgewandt mit Blick in Fahrtrichtung auf einen freien Platz und blickte aus dem Fenster. Sie fuhren zwei Stationen. Als die U-Bahn bereits in der Station Johnstraße stand, sprang der Mann plötzlich auf und stieg aus. Der Warnton, der das Schließen der Türen signalisierte, war schon zu hören, als Hannes auf den Bahnsteig trat. Er kannte die Station. Doch immer, wenn er früher hier ausgestiegen war, hatte er den falschen Ausgang genommen und dann stets Schwierigkeiten gehabt, sich zu orientieren. Das konnte ihm heute nicht passieren – er musste nur dem alten Mann folgen. Als sie ins Freie kamen, war es bereits fast dunkel. Ein kalter Wind blies den aus der warmen Tiefe des U-Bahnschachts Aufsteigenden entgegen, es war für die Jahreszeit viel zu kalt. Hannes zog den Reißverschluss seiner Jacke zu und steckte seine Hände in die Hosentaschen. Dem alten Mann schien die Kälte nichts auszumachen. Seine Körperhaltung hatte sich beim Verlassen der Station nicht geändert. Er ging rasch in den Abend hinaus und steuerte die Nebengassen in der Ecke zwischen Johnstraße, Märzstraße und Meiselstraße an. Hannes war nun etwa 20 Meter hinter dem Mann und überlegte gerade, ob er die Straßenseite wechseln sollte, um nicht aufzufallen.

Plötzlich bog der Mann in eine Gasse ein. Hannes beschleunigte seine Schritte etwas, um ihn nicht zu verlieren. Als er an die Straßenecke kam, sah er, wie der Mann soeben eine Haustür aufsperrte und hinter dieser verschwand. Hannes ging zu dem Eingang und las die Namen auf den Türklingeln. Er zählte fünfzehn Schilder. Er hatte keine Ahnung, welcher Name der des alten Mannes sein könnte. Er wechselte die Straßenseite und blickte an dem Haus hinauf, um zu sehen, ob irgendwo ein Licht anging, aber es war keine Veränderung wahrzunehmen. Hannes fragte sich, was der Mann nun wohl machte. Vermutlich holte er gerade etwas Käse und Wurst und Butter aus seinem alten Kühlschrank. Oder war deshalb kein Licht angegangen, weil seine Frau längst auf ihn gewartet hatte und das Abendessen bereits auf dem gedeckten Tisch stand?

Hannes blieb noch eine kurze Weile stehen. Dann machte er sich auf den Weg zur U-Bahnstation und fuhr nach Hause.

Tagwerk (V)

In den anderthalb Tagen nach der Betriebsversammlung wechselte die Stimmung im Büro. Die Belegschaft verhielt sich, als hätte sie eine kollektive manische Depression. Unmittelbar nach dem Treffen herrschte ein düstere Ruhe. Alle schienen über die Konsequenzen dessen nachzudenken, was der Chef verkündet hatte. Am späten Nachmittag hörte Robert laute Geräusche aus der Küche, als er gerade vom WC zu seinem Arbeitsplatz zurückging. Er bog ab, um den Grund für den Lärm zu eruieren. In der Küche war die gesamte Text- sowie ein Teil der Grafikabteilung versammelt, und alle tranken Wein. Er blieb in der Tür stehen. Matteo sah ihn und rief: „Hey!“

Robert fragte, was los sei, und Matteo erklärte ihm, dass er morgen Geburtstag habe. Außerdem sei der Chef gerade heimgegangen und es sei ja eh schon egal. Robert lachte, holte ein Glas aus dem Kasten und füllte es mit Rotwein an. Nach ein paar Minuten Smalltalk und mehreren Witzen über den Zustand des Betriebes ging er wieder in sein Zimmer und berichtete Harald, was er da gerade verpasse. Dieser stand sofort auf und ging in die Küche, während Robert versuchte, noch ein bisschen weiterzuarbeiten. Noch war der Laden ja nicht in Konkurs, dachte er.

Am Donnerstag war es wieder sehr ruhig. Robert unterhielt sich am Vormittag bei der ersten Tasse Kaffee mit Miriam aus der Textabteilung. Sie war beunruhigt, weil sie als letzte in die Abteilung gekommen war und nun befürchtete, dass das wohl ihre sichere Kündigung bedeutete. Robert versuchte sie zu beruhigen, aber besonders überzeugend fand er sich selbst nicht.

„In eine neue Wohnung bin ich auch grad gezogen“, sagte sie, „da hab ich viel zu viel Geld für Möbel und Zeugs ausgegeben, weil ich mir gedacht hab, dass es ja jetzt eh endlich reinkommt.“

„Naja, aber selbst wenn das hier nix wird, findest doch sicher schnell wieder was, oder?“

„Ich weiß nicht“, sagte sie, „ich weiß grad von einigen Leuten aus der Branche, dass sie suchen, und alle sagen, dass es schon mal deutlich einfacher war. Mein Problem ist aber vor allem, dass ich nicht durchs AMS überbrücken kann. Das ist meine erste reguläre Anstellung. Ich arbeite zwar schon seit ein paar Jahren, aber immer nur Werkverträge oder überhaupt schwarz.“

„Oje“, sagte Robert, „aber jetzt wart mal ab.“

Als Harald zu Mittag immer noch nicht im Büro aufgetaucht war, begann Robert sich zu fragen, ob er überhaupt noch kommen werde. Er rief ihn auf seinem Handy an. Harald hob ab, bevor Robert das Freizeichen gehört hatte. Er musste das Telefon in der Hand gehabt haben.

„Hi“, sagte Harald.

„Hallo, was ist los?“

„Ich wollt dir grad schreiben“, sagte Harald. „Ich hab beschlossen, dass ich mich nach meinem gestrigen Auftritt gleich selber aus dem Spiel nehme.“

„Was soll das heißen?“, fragte Robert erstaunt.

Er verstand zunächst tatsächlich nicht, was Harald damit meinte.

„Naja, der schmeißt mich ja sowieso raus“, erklärte dieser, „und ich will mir das ersparen. Deshalb hab ich ihm grad geschrieben, dass ich nimmer komm.“

„Na geh ...“, sagte Robert.

Er hatte gehofft, dass Haralds Verhalten während der Versammlung ein paar aus der Belegschaft dazu inspirieren könnte, sich ein bisschen auf die Füße zu stellen.

„Ja sorry", sagte Harald, der Roberts Bedauern darauf bezog, dass dieser nun die ganze Arbeit allein machen müsste, „ich weiß, dass das grad nicht günstig ist."

„Ach, das ist egal", sagte Robert, „ich bin eh schon fast fertig mit der Sache. Aber ich glaub, wir hätten dich in den nächsten Wochen noch gebraucht. Den Betriebsrat hast ja gestern schon ein bissl motiviert."

„Ja, naja ...", sagte Harald.

„Aber vor allem: Was machst jetzt?", fragte Robert.

„Ich hab gestern einem Bekannten erzählt, dass ich wohl bald wieder auf Jobsuche sein werde", sagte Harald, „und der hat einen Freund in einer Agentur, der grad ein bissl Unterstützung braucht. Mit dem hab ich heut früh gleich telefoniert. Ist zwar nur für ein paar Monate, aber naja ..."

„Ok, verstehe", sagte Robert. „Ja, das ist wohl das Vernünftigste."

Sie plauderten noch eine Weile und dann verabschiedeten sie sich mit dem Vorsatz, einander bald privat zu treffen. Außerdem sollte Robert Harald über die weiteren Ereignisse in der Firma auf dem Laufenden halten.

Robert öffnete den Browser auf seinem Computer, stellte auf „Privat surfen" und gab die Adresse einer Jobbörse ein.

Tagwerk (VI)

Als Robert sich am Freitag dem Gebäude näherte, in dem sich die Firma befand, wusste er sofort, dass etwas nicht stimmte. Er sah bereits von Weitem Menschen auf dem Gehsteig der ruhigen Gasse, in der sonst nie jemand zu sehen war. Als er näherkam, konnte er vier Personen wahrnehmen: Zwei Polizisten standen vor dem Chef, der aufgeregt gestikulierte. Neben diesem stand einer seiner Stellvertreter und schaute betroffen von seinem Vorgesetzten zu den geduldig zuhörenden Polizisten und wieder auf den Chef. Er wirkte, als ob er benommen wäre. Noch näher gekommen, sah Robert ein paar der anderen Angestellten im Hauseingang stehen und steuerte sofort auf diese zu.

„Was ist los?", fragte er.

Matteo schüttelte den Kopf: „Wir wissens noch nicht genau. Es hat einen Einbruch gegeben."

„Aha", sagte Robert verwundert.

„Ja, aber irgendwas ist komisch. Wir vermuten, es wurde ziemlich randaliert."

Robert blickte noch verdutzter.

„Der Chef hat sowas angedeutet", erklärte Matteo.

Sie warteten. Statt sich zu unterhalten, blickten alle gespannt in Richtung des Chefs, der nun seinerseits einem der Polizisten zuhörte und nickte. Dann drehte er sich um und kam auf seine Angestellten zu.

„Leute, es ist eingebrochen worden. Wir wissen noch nicht, ob was fehlt. Es schaut aber ziemlich schlimm aus", sagte der Chef.

Er sah ziemlich blass aus, sein Blick schweifte nervös zwischen den Anwesenden herum, die ihn anstarrten.

„Was heißt das?", fragte eine Kollegin aus der Layoutabteilung.

„Ich hab auch erst kurz reingeschaut, aber es sieht aus, als hätte jemand alles kurz und klein geschlagen."

Alle schwiegen und blickten den Chef ungläubig an.

„Es sind jetzt einige Beamte oben, die sich das genauer ansehen. Anscheinend hat auch jemand versucht, Feuer zu legen. Ich bitte Sie, erst mal hier zu warten."

Er drehte sich um und ging wieder zu den Polizisten zurück. Die anderen sahen einander an. Niemand sagte etwas.

Nach ein paar Minuten kam eine Polizistin auf sie zu und erklärte, dass sie gern mit jedem kurz reden wolle. Sie nahm zuerst Matteo beiseite. Robert sah, dass sie sich offenbar seinen Namen notierte, dann ein paar Fragen stellte. Matteo antwortete. Dann kam der nächste an die Reihe. Die Polizistin sprach mit jedem ein paar Minuten. Name, Adresse, Telefonnummer, wie lang schon in der Firma, wann gestern gegangen. Und so weiter. Sie waren verdächtig. Robert fragte sich, ob die Polizei bereits von den Schwierigkeiten des Unternehmens wusste, erwähnte aber der Beamtin gegenüber nichts davon.

Als er fertig war, waren noch ein paar weitere Kolleginnen angekommen und wurden gerade von den anderen informiert. Die Polizistin begann, sie ebenfalls einzeln zu befragen. Miriam ging zum Chef, der immer noch mit einem Polizisten am Gehsteig stand, um zu fragen, ob sie noch hierbleiben müssten. Er kam mit ihr zusammen zu der Gruppe der Wartenden und erklärte, dass sie heimgehen sollten. Er werde sie im Lauf des Tages darüber informieren, was nun weiter passieren würde.

Sie verabschiedeten sich von ihrem Chef, einige eilten gleich davon. Ein paar Kolleginnen und Kollegen standen weiterhin unschlüssig herum.

„Sollen wir noch auf einen Kaffee gehen?“, fragte Robert Matteo, der mit zwei anderen am Gehsteig stand.

Matteo nickte. Sie teilten ihren Entschluss allen mit, die noch da waren, und gingen dann zu acht zu einem kleinen Café zwei Straßen weiter.

Keiner hatte eine Ahnung, was passiert sein konnte. Einbruch? Wozu? In einem Büro gab es kaum was zu holen. Die Verwüstungen aus Frust über einen fruchtlosen Einbruch? Oder steckte etwas anderes dahinter?

„Meinst du, irgendwer von uns ...“, begann Miriam, wagte aber nicht, den Gedanken auszusprechen.

Robert dachte an Harald. Dann dachte er an die dunklen Augenringe ihres Chefs, der sonst immer so sportlich und ausgeruht wirkte.

„Mich würde mal interessieren, wie die Bude versichert ist“, sagte Matteo, als hätte er Roberts Gedanken erraten.

Es war zwecklos. Robert fragte sich, ob sie jemals erfahren würden, was tatsächlich passiert war. Vor einigen Wochen hatte er einen Zeitungsartikel über die Aufklärungsrate von Einbrüchen gelesen. Er ging davon aus, dass sie es nie erfahren würden.

Sie waren inzwischen in dem Café angekommen und hatten sich gesetzt. Miriam rieb sich die Hände.

„Kalt ists“, sagte sie, und zu dem Kellner, der eben an den Tisch kam: „Einen Kakao mit Rum, bitte.“

„Für mich auch“, sagten Matteo und Robert gleichzeitig.

Feierabend (II)

Aus dem Rum-Kakao wurden mehrere. Dann ein kleines Mittagessen. Dann ein Nachmittagsbier. Die Runde war nach und nach abgebröckelt, und am Ende saßen nur mehr Matteo und Robert da.

„Was machst du jetzt", fragte Matteo.

„Jetzt?", fragte Robert zurück.

„Na überhaupt mein ich."

„Du glaubst, dass das nichts mehr wird?"

„Kann ich mir nicht vorstellen", sagte Matteo. „Wenn wir jetzt eine Woche raus sind, springen uns die letzten Kunden ab."

Robert nickte und blickte eine Weile aus dem Fenster.

„Keine Ahnung", sagte er nach einer Weile, „ich hab in letzter Zeit immer wieder darüber nachgedacht, den Job aufzugeben. Es langweilt mich nur mehr, die Arbeit wird immer mehr und immer sinnloser."

„Aber was tun?", fragte Matteo.

Robert schüttelte den Kopf. Er wusste es nicht. Alle Alternativen, die er während der vergangenen Monate gewälzt hatte, waren entweder unrealistisch oder keine Verbesserung seines jetzigen Zustandes. Er hatte sich mit Bekannten unterhalten, die in ähnlichen Jobs arbeiteten und von denselben Erfahrungen berichteten, die er selbst gemacht hatte. Und wenn sie von ihrer Arbeit erzählten, hatte Robert das traurige Gefühl, es sogar noch recht gut erwischt zu haben.

„Und du?", fragte er nun seinerseits Matteo.

Dieser musste keine Sekunde nachdenken.

„Ich werd um einvernehmliche Kündigung bitten, mich arbeitslos melden, ein paar Monate nichts tun und dann was ganz anderes anfangen."

Sein Augen leuchteten auf. Robert sah ihn fragend an, aber Matteo sagte nichts.

„Und was?“, fragte Robert nach ein paar Augenblicken.

„Ein Freund von mir hat ein kleines Entrümpelungsunternehmen ...“

Robert blickte zum zweiten Mal binnen weniger Tage so erstaunt, dass sein Gegenüber lachen musste.

„Ja, kein Witz, da werd ich mitmachen. Er hat mich schon vor einiger Zeit mal gefragt, als ich ihm erzählt hab, dass ich hier nicht mehr so richtig will. Die räumen Wohnungen aus und verkaufen das Zeug weiter.“

Robert nickte, dann schüttelte er fragend den Kopf.

„Das ist zwar irgendwie eine traurige Arbeit“, erklärte Matteo, „man räumt meistens das Leben von Menschen weg, die keine Verwandten mehr gehabt haben. Aber dafür ist man nicht damit beschäftigt, für den Verkauf von Dingen zu arbeiten, die ohnehin niemand braucht.“

Robert hörte zu und seufzte.

„Oder hattest du jemals das Gefühl, dass eine der Broschüren oder Folder, die wir herstellen, irgendeinen Sinn hat?“

Robert schüttelte den Kopf und blickte in sein leeres Bierglas.

Er beneidete Matteo. Dieser hatte einen Plan. Keinen großartigen – einen, den viele seiner Bekannten vermutlich nicht verstehen würden, da er doch einen so tollen Job mit Medien gehabt hatte. Aber es war ein Plan. Robert hatte keinen Plan.

Als Robert etwa eine halbe Stunde später in der Straßenbahn saß und heimfuhr, brummte sein Handy. Er nahm es aus seiner Jackentasche. Hannes fragte, ob sie sich auf ein Bier treffen sollten – und dann schauen, ob sich noch irgendwas ergeben würde. Robert antwortete ihm, dass er um 21h an der Theke ihrer Bar sein würde.

Um zehn nach neun betrat er das Lokal. Hannes plauderte angeregt mit dem Barkeeper. Er schien gute Laune zu haben. Robert zog seine Jacke aus, warf sie auf den Barhocker, der neben jenem stand, auf dem Hannes saß und schlug ihm zur Begrüßung auf die Schulter. Dieser unterbrach sein Gespräch mit dem Kellner, drehte sich zu Robert um und sagte mit einem großen Lächeln im Gesicht: „Servus!"

„Hallo", antwortete Robert, „sitzt du schon länger da?"

Hannes lachte.

„Nein, eh grad erst gekommen."

Der Kellner war mittlerweile in der Küche verschwunden.

„Irgendwelche Pläne für heute?", fragte Robert.

„Nicht wirklich", sagte Hannes.

Robert gab dem Kellner, der soeben hinter die Bar zurückgekehrt war, zu verstehen, dass er ein großes Bier wolle. Der Kellner zapfte das Getränk sofort und stellte es vor Robert hin. Dieser nahm es und prostete Hannes zu.

„Ich darf mich aber eh nicht verausgaben", sagte Hannes dann. „Muss morgen früh raus."

Robert blickte ihn überrascht an.

„Wieso das?"

„Der Conny hat mich heut Nachmittag angerufen", erzählte Hannes, „sie brauchen einen Fahrer für ein paar Gigs. Der Typ, der fahren hätte sollen, ist krank geworden, und sie haben schon seit vorgestern gesucht."

Er lachte.

„Die wollten schon die Konzerte absagen, da bin ich ihm eingefallen."

„Endstation Ananas oder wie?", fragte ich.

„Ja, genau. Die erste kleine Tour mit der neuen Band wär beinahe ins Wasser gefallen."

Hannes strahlte übers ganze Gesicht.

„Das wollt ich immer schon machen", sagte er.

Hannes hatte vor einigen Jahren versucht, ein Instrument zu erlernen, allerdings fehlte ihm jedes Talent dafür. Robert hatte ihm zwei oder drei Mal gezeigt, wie man eine Gitarre in die Hand nimmt und wollte ihm ein paar Akkorde beibringen. Es war aussichtslos gewesen.

„Klingt fein", sagte Robert.

Er freute sich für Hannes. Dieser würde endlich mal wieder ein paar Tage rauskommen und etwas erleben. Und auch wenn ein paar Tage herumfahren mit einer Band nicht viel war: Es war eine Ahnung davon, dass es gute Dinge zu tun gab.

Robert fiel sein Schulfreund Milo ein. Er wunderte sich darüber, dass er bereits zum zweiten Mal innerhalb einer Woche an diesen dachte. Milo und Robert hatten ein Konzert irgendeiner Musikgruppe besucht, die in ihrer Schule aufgetreten war. Robert konnte sich nicht mehr daran erinnern, welche Musik die Band spielte und ob ihn das überhaupt interessiert hatte. Sie waren damals 13 oder 14 gewesen. Das Konzert in der Schule war von ihrer Musiklehrerin organisiert worden und erschien ihnen vermutlich als ziemlich langweilig. Und doch bekamen sie an diesem Abend einen ganz kleinen Einblick in eine Welt, von der sie an den Nachmittagen träumten, wenn sie die Gitarren in der Hand hatten. Nach dem Konzert sprachen Robert und Milo die Musiker an – oder diese die Jugendlichen, das wusste Robert nicht mehr. Sie halfen der Band dabei, die Instrumente und Verstärker hinauszutragen. Die beiden Teenager machten Witze darüber, dass sie nun Roadies wären. Doch auch wenn sie das Erlebnis, noch während es passierte, herunterspielten – tatsächlich war es kein Witz für sie. Für zehn oder zwanzig Minuten fühlten sie sich als Roadies und kamen sich so wichtig vor wie nie zuvor. Das Leben erschien ihnen aufregend und verheißungsvoll. Sie bekamen ein paar Schillinge fürs Helfen, gingen zum nächsten Würstelstand und kauften sich jeder eine Flasche Bier. Sie waren Helden für eine halbe Stunde gewesen und zehrten noch tagelang von dem Gefühl, Teil von etwas gewesen zu sein, das ihnen als etwas Großes erschienen war. Robert hatte eine Ahnung davon, wie Hannes sich während der nächsten Tage fühlen würde.

Am nächsten Tag schlief Robert lange. Gegen Mittag stand er auf und ging zu seinem Kühlschrank. Er verspürte leichten Hunger, doch er fand kaum etwas Essbares. Er aß unter der Woche selten zuhause, und die Vorräte vom Wochenende waren in der Regel spätestens am Dienstag oder Mittwoch aufgebraucht. Dann kaufte er immer nur das, was er sofort aß.

Er zog sich an und machte sich auf den Weg zum Supermarkt, der gleich gegenüber seinem Wohnhaus war.

Als er über die Straße ging, bemerkte er, dass er nun doch schon ziemlich hungrig war. Während er noch überlegte, was er esse könnte, betrat er den Supermarkt und steuerte die Feinkostabteilung an.

Die Wursttheke war gut gefüllt. Robert stand ein oder zwei Minuten davor und sah sich die verschiedenen Produkte an. Er las die Namen der Würste und die Preise auf den kleinen weißen Plastikschildern. Schließlich riss er sich los, drehte sich um und ging in Richtung des Kühlregals. Nach ein paar Schritten blieb er jedoch wieder stehen, drehte sich um, ging zur Wursttheke zurück und sagte zu der Verkäuferin, die ihn freundlich und erwartungsvoll anblickte: „Zwanzig Deka Kürbiskernschinken bitte."

Sie nahm den Schinken und begann diesen auszupacken. Robert sah ihr zu, wie sie ihn in die Maschine legte und zu schneiden begann. Die hauchdünnen Schinkenscheiben fielen auf das beschichtete Papier, das sie vorher bereitgelegt hatte. Dann packte sie den Schinken wieder in eine Plastikfolie und legte ihn zurück in die Vitrine. Als sie die Scheiben eingewickelt vor Robert hinlegte, sagte dieser: „Und noch einmal so viel von der Mailänder Salami da vorne.“

Ende